PAPIER
FRESSERCHEN
MTM-VERLAG
DIE BÜCHER MIT DEM DRACHEN

Impressum:

Besuchen Sie uns im Internet:
www.papierfresserchen.de

© 2018 – Papierfresserchens MTM-Verlag GbR
Mühlstr. 10, 88085 Langenargen
info@papierfresserchen.de
www.papierfresserchen.de
Alle Rechte vorbehalten. Erstauflage 2018

Lektorat: Melanie Wittmann
Herstellung: CAT creativ - www-cat-creativ.at

Ilustrationen: C. T. Mehrhof

Gedruckt in Polen
ISBN: 978-3-86196-787-3

C. T. Mehrhof

Herr Pfefferminzky

über dem Regenbogen

Der Yeti von Rutenmühle

„Ringelingeling", ertönte es fordernd an der Wohnungstür des Wacholderbaumhäuschens.

Herr Pfefferminzky hatte sich hinter seinem Sofa verkrochen. Das machte er immer so, wir kennen das ja schon vom schreckhaften Zauberhasen.

„Bin nicht da!", rief er laut.

„Doch! Du bist da!" Maya klopfte energisch an die Holztür. „Gib mir meine Gummistiefel wieder."

Das kleine Mädchen würde nicht verschwinden, so gut kannte Herr Pfefferminzky es wohl.

Es war fatal, denn so wie er jetzt gerade aussah, durfte sie ihn nicht zu Gesicht bekommen! Die Gummidinger, die eigentlich Maya gehörten und die sie nun wiederhaben wollte, waren nur das kleinste Problem. Die bekam er ja gar nicht von seinen Pfoten herunter. Womit wir beim richtigen Problem wären.

Ach ja, die Gummistiefel. Im September, vor zwei Monaten, waren unsere beiden Helden zum Fliederbeerenpflücken in den Rutenmühler Wald ausgerückt. Maya, das kleine Mädchen, hatte ihm ihre Gummistiefel geliehen. Ja, mit der Schuhgröße 28. Viel zu groß für seine Hasenpfoten. Denn auch Zauberhasen haben nicht übermäßig große Pfötchen. Aber wie alles, das geringelt war, schwebten sie in Gefahr, von Herrn Pfefferminzky in Besitz genommen zu werden. Das war sein Wesen, vielleicht eine Schwäche. Oh ja, und seine größte Schwäche galt, wie einige ja bereits wissen, bunten Ringelsocken.

Am späten Nachmittag dieses verhangenen Tages im Frühherbst, als Maya wieder nach Hause gehen wollte, hatte der Zauberhase sich nur knapp verabschiedet: „Tschüss", und war mitsamt den Gummistiefeln und zwei Eimern, gefüllt mit Fliederbeeren, abgeschwirrt. Die Gartenhandschuhe hatte er von den Vorderpfoten gestreift und sie einfach ins Laub geworfen. Wo sie liegen geblieben waren.

Maya war wütend hinter ihm her gelaufen, zweimal über quer liegende Stöckchen gestürzt und hatte sich die Knie aufgeschlagen. „Du bist gemein!", hatte sie mit Tränen in den Augen hinter ihm her gerufen und ihm versichert: „Nie mehr gehe ich mit dir Fliederbeeren pflücken." Oder wohl eher sich selbst, denn er war schon um mehrere Ecken verschwunden gewesen.

„Du bist richtig doof", hatte das Kind gebrummt und wütend mit aller Kraft aufgestampft, sodass das Laub durcheinandergewirbelt wurde.

Als Herr Pfefferminzky abends in seinem Wacholderbaumhäuschen schließlich sicher sein konnte, dass ihn niemand mehr stören würde, kramte er den alten, ledernen Einband hervor und zog ein ziemlich vergilbtes Blatt Papier heraus.

In dem großen Kochtopf blubberte schon das Wasser mit vielen herbstlichen Zutaten. Da gab es Kastanien, Eicheln und die Fliederbeeren. Aber auch Pilze. Und damit fing die ganze Geschichte eigentlich an. Wie Dominosteine, die nacheinander umkippen, nahmen die Dinge ihren unheilvollen Lauf.

Neben den Austernseitlingen und Birkenpilzen hatte der Zauberhase beim Sammeln versehentlich auch Fliegenpilze erwischt. Die sehen nämlich einer harmloseren Sorte sehr ähnlich. Fliegenpilze allerdings sind giftig. Das weiß ja jedes Kind. Oder?

Herr Pfefferminzky jedoch war so sehr mit seinem Zauberrezept beschäftigt, dass er nicht bemerkte, was er da mit in den Kochtopf geworfen hatte.

„Muss lange kochen", las er laut vor. „Rühren mit dem ollen Kochlöffel, steht extra da", frohlockte er. Was unser Hobbykoch leider nicht wusste: Der olle Kochlöffel war ein Druidenzauberstab.

Das Zauberbuch mitsamt dem verquarzten Holzlöffel hatte er eines Nachts gefunden. Damit hatte er schon so einiges angestellt. Zum Beispiel hatte er Mayas Oma damit verhext. Ganz unbeabsichtigt. Die stand dann fünf Tage bei den Ziegen auf der Wiese, weil sie die Menschensprache nicht mehr sprechen konnte. Dafür aber wie eine Ziege meckerte. Na ja, meckern konnte sie sowieso ...

Das Buch, in dem so viele Rezepte standen, war also ein superaltes Druidenbuch! Oh, oh, das sollte unser experimentierfreudiger Zauberhase eigentlich gar nicht in seinen Pfoten haben! Den Kochlöffel übrigens auch nicht.

Herr Pfefferminzky aber hatte fröhlich einen Kräuter- und Sonst-was-Eintopf gekocht. „Lecker, lecker."

Den schwarzen Zylinder hatte er gegen eine Kochmütze getauscht. Da war eine Möhre draufgemalt. Und noch ein paar Buchstaben. Die hatte Maya ihm einmal mitgebracht von ihrer Mama. Höchstwahrscheinlich zierte sie deren Name:

Beate von Möhrendorf, MÖHREN & MORE,
Catering-Service.

Er stand auf dem kleinen Schemel und rührte mit dem großen Holzlöffel ordentlich in seinem Topf. Na, das würde ein gar leckeres Süppchen werden! Schon seit heute Morgen war es am Köcheln. Zu seiner großen Freude! Das Ausprobieren dieser geheimnisvollen Rezepte war zu seiner zweiten großen Leidenschaft geworden.

„Schon lange keine Ringelsocken mehr gesammelt", sagte er zu dem Topf, dessen Antwort ein Zischen und ein Blubbern war. Stattdessen sammelte er für die alten Rezepte Pilze, Kastanien und Holunder. Auf magische Art hatte ihn das Druidenbuch in seinen Bann gezogen. Der seltsame Einfluss des Bandes wurde noch vom Amulett des Himmelshasen verstärkt, das tief vergraben hinter dem Wacholderbaumhäuschen in der Erde lag. Von dem Herr Pfefferminzky übrigens gar nichts wusste ...

Gebündelte unsichtbare Kräfte waren also am Wirken, als plötzlich der Topf wackelte und feine grüne Schwaden seitlich am Deckel entwichen.

„Ohhh, schön!", jauchzte Herr Pfefferminzky. War das Gericht nun fertig? Es roch enorm gut! Ihm lief das Wasser im Mund zusammen.

Schnell sprang er vom Hocker und holte sich gleich zwei große Suppenkellen. Vom Süppchenprobieren bekam er einfach nicht genug. So ein Gierschlauch!

Er bemerkte nicht, dass er aus einer versteckten Ecke hinter dem Holztisch in der Küche von zwei niedlichen schwarzen Knopfaugen beobachtet wurde ...

Rolf, der Wolf, hatte es von allen Tieren außerhalb der Hasenstube zuerst gesehen. Lag er doch auf der Lauer nach leckerem Essen.

„Was is das denn?", raunzte er heiser. „Is der olle Hasenbraten wieder am Köcheln?" Und er schubberte sich.

Es war ja nun so: Das Amulett des Himmelshasen war vor einiger Zeit von einem hohen Waldbeamten in der Nähe des Wacholderbaumhäuschens vergraben worden. Frau Holda, die große Zauberin und Königin der Anderswelt, wollte Herrn Pfefferminzky damit beschützt wissen. Sie hatte ihren treuen Zwerg damit beauftragt, es dem Zauberhasen auszuhändigen. Dies tat der aber nicht, denn Ebu Gogu hielt Herrn Pfefferminzky für einen ausgemachten Chaoten. Und so vergrub er das Amulett hinter dem Baum, in dem der Hase seine Stube hatte.

Wie Frau Holda richtig vermutet hatte, war Herr Pfefferminzky tatsächlich ihr ehemaliger Träger der Sternenfackel. Aber nicht nur das, er war selbst ein magisches Wesen, wenn auch ein chaotisches ...

So lag also nun ein mächtiger Schutzzauber auf dem kleinen, schrulligen Hasen, dessen Ursprung sich in besagtem Medaillon befand.

Ziemlich schnell hatte der irritierte Wolf entdeckt, dass er aus der Ferne das Wacholderbäumchen gut sehen konnte. Sobald er aber näher kam, verschwand es einfach vor seinen Augen! Da wirkte das Amulett des Himmelshasen mit einem Illusionszauber und schwupp konnte man nichts mehr erkennen.

Darum verharrte er, der schlaue Wolf, also in sicherer Entfernung. Und zwar gerade so weit weg, dass er das Wacholderbäumchen und dessen Bewohner sehen konnte, sollte dieser seine Bleibe verlassen. Das würde Isegrim* allerdings heute Abend noch bereuen ...

Herr Pfefferminzky hatte gefuttert, gemampft und gelöffelt. Ach, es schmeckte ja so gut! Die grünen Rauchschwaden hatten sich verzogen, wie es schien.

„Oho, hihi, ich werde grün und rot", quietschte der kleine Zauberhase belustigt. Und tanzte im Kreis herum. Das eigentümliche Verfärben als Folge der geheimnisvollen Rezepte kannte er schon. „Geht wieder weg", meinte er und hatte den Topf mit dem größten Löffel, den er gefunden hatte, schließlich ausgeschlürft.

Was er aber zu diesem Zeitpunkt noch nicht bemerkt hatte: Seine Haare begannen zu wachsen, und zwar am ganzen Leib! An seinen Ohren hingen die Zotteln herunter und auch in seinem Gesicht über den Augen wuchs der Pelz bereits. Das schien ihn zunächst nicht zu stören. An der Blume, seinem Puschel, begann es, ihn zu jucken, doch er juckte einfach zurück und es kümmerte ihn nicht sonderlich.

Rolf hatte im Unterholz gelauert, als er einen markerschütternden Schrei hörte.

„Waaah, Hilfe!", hallte es durch den Wald. „Mein Fell, mein Fell!", kreischte Herr Pfefferminzky, dessen Körperbehaarung nun in schillernden Farben strahlte. Sein feines Hasenstimmchen überschlug sich dabei heftig.

Ein höllisch behaartes, kunterbuntes Wesen quetschte sich durch die Holztür des Wacholderbaumhäuschens.

Rolf, der Wolf, starrte gebannt auf das haarige Ding. „Ach du Schande, ey!"

Das Ungetüm steuerte direkt auf ihn zu. Mit geringelten Gummistiefeln! Schrecklich!

Rolfs Augen wurden immer größer. Seine Nackenhaare sträubten sich und er begann, laut zu kläffen. „Wau, wau, grrr", bellte er. Das half ihm leider nicht viel. So wie wir es von Hunden kennen, drehte sich Rolf, der Wolf, aufgeregt im Kreis, zog den Schwanz ein und fletschte die Zähne.

Das behaarte Monster, bunt wie ein Wasserfarbkasten, näherte sich ihm unbeeindruckt. Kreischend und jammernd. Der Wolf senkte den Kopf und bewegte seinen Körper rückwärts. Aus zusammengekniffenen Augen starrte er dieses Ungeheuer an, das da auf ihn zuwalzte. Hastig suchte Rolf, der Wolf, das Weite.

Ja, das war im Herbst gewesen. 2014. Seitdem verließ der Hase sein Heim nur noch nachts. Natürlich wurde er von Tieren beobachtet, die des Nachts unterwegs waren. Er war ja auch wirklich nicht zu übersehen, so schön bunt schimmernd, wie er war! Dachse, kleine Waldmäuschen und alle anderen nachtaktiven Tiere lachten sich jedes Mal so was von schlapp, wenn er ihnen begegnete. In der Tierwelt sprach man mittlerweile vom Rutenmühler Regenbogen-Yeti. Und zwar ziemlich belustigt!

Selbst Angus, die stille und ernste Waldohreule und Bote der Frau Holda, prustete los, als er seiner Chefin von dem Vorfall im Rutenmühler Waldviertel Bericht erstattete.

Wie erstaunt die Tiere waren! Und einige wohl auch richtig entsetzt. Natürlich verbreitete sich die Kunde vom Rutenmühler Yeti bis zu den Tieren, die nahe bei den Menschen lebten. Die Islandpferde bekamen Bauchschmerzen vor Lachen, das gab ein Gewieher auf dem Möhrendorfer Hof! Svana, die Schimmelstute, lief Gefahr, sich eine Kolik einzufangen, weil sie vor lauter Lachen ... ähem ... Wiehern zu viel Luft schluckte.

An Spott und wieherndem Gelächter aber übertraf der Wallach Stormson alle. „Der olle Spinner! Jetzt sieht er schon selbst aus wie 'ne bunte Ringelsocke!"

Der Rappe Nökvi schüttelte nur verständnislos den Kopf. „Verrückter kleiner Hase", murmelte er.

Armer Herr Pfefferminzky! So ist es im richtigen Leben, wer den Schaden hat, braucht für den Spott nicht zu sorgen.

Frau Holda, die große Zauberin der Anderswelt, hatte verhalten amüsiert vernommen, was Herr Pfefferminzky da wieder getrieben hatte. Obwohl der Hase eigentlich nicht der Ursprung allen Übels war, würde sie ihn dieses Mal schmoren lassen.

„Er kann ruhig mal die Suppe auslöffeln, die er sich da im wahrsten Sinne des Wortes eingebrockt hat." Die Herrin beschäftigten ganz andere Gedanken. „Ebu, wir müssen ihm das Buch der Druiden abnehmen." Sie hob gebieterisch beide Arme und wedelte mit den Händen. „Das Amulett allein kann keine so große Zauberkraft bewirken, er sollte das Buch nicht länger besitzen."

Unter „wir" wurde hinlänglich verstanden: „Du, Ebu Gogu, musst es ihm abnehmen."

Der Zwerg nickte bejahend und sein Zipfelmützchen wippte mit. Innerlich grollte er jedoch. „Dieser Unheilshase macht mir zu schaffen", dachte er und fühlte sich dabei unbehaglich.

„Wenn er auf diese unselige Weise Magie anwendet, besteht die Gefahr, eine Macht hervorzurufen, die er nicht kontrollieren kann", folgerte die Königin der Anderswelt. Sie musste es schließlich wissen, denn sie war eine Meisterin der Magie.

Es war riskant gewesen, dem chaotischen Zauberhasen das Buch zu überlassen. Ebu war dieser Entscheidung ohnehin sehr kritisch gegenübergestanden, behielt aber seine Gedanken für sich. Als bekannt geworden war, dass Herr Pfefferminzky im Besitz des urururalten Rezeptbuches war, hatte der Rat der Weisen den Beschluss gefasst abzuwarten, ob der unbekannte Dieb beim Hasen in Erscheinung treten würde. Denn sehr lange war dieses Zauberbuch samt Kochlöffel ... äh ... Zauberstab unentdeckt geblieben. Es hatte vergessen und eingemottet in der schweren Holztruhe in einem Geheimraum der Hasenwohnung des Herrn Pfefferminzky gelegen. Einige wissen ja, dass der Zauberhase eines Nachts zufällig des Buches habhaft geworden war. Und von da an hatte er quasi einen Freifahrtschein zum Köcheln und Hexen mithilfe des Buches gehabt.

Bis eben!

Frau Holda bewegte sich auf der großen Balustrade des Schlosses Woida Domos. Ein ausladender, meisterhaft bearbeiteter Stuhl aus Eichenholz lud die Königin ein, sich hinzusetzen. Sie ließ ihre Finger über die Tastatur ihres Notebooks gleiten, als auf dem Bildschirm das Gesicht von Abu al Azila, dem Dschinn aller Dschinns, erschien. Skypen kannte man also auch im Reich der Holda.

„Salam aleikum*, hohe Frau", grüßte der Dschinn sie respektvoll. „Seid Ihr in Euren Nachforschungen schon weitergekommen?", fragte er mit tiefer, dunkler Stimme.

Nee, war sie nicht. Auch ihr Bibliothekar Herr Brösel, diese Socke, hatte ihr bislang nichts Weltbewegendes berichten können. Der Wächter des Archivs war überzeugt davon, dass ein niederträchtiges magisches Wesen sich illegal Zugang zur Bibliothek verschafft hatte. Der hohe Rat hatte damit nur wenige Anhaltspunkte. Ein Fakt jedoch war seit Kurzem bekannt: Der Zahlencode des Geheimarchivs war gehackt worden! Anders hätte man sich niemals Zutritt verschaffen können.

„Nun, hohe Frau ..." Der Dschinn sah sie aufmerksam aus schwarzen Augen an und dramatisierte seine Worte, indem er eine lange Pause machte.

„Ich höre", forderte die Königin der Anderswelt ihn auf. Ihr Lichtkleid leuchtete rötlich.

Der Dschinn nickte und zupfte sich am Bart. „Nun ja, bei Allah! Der Jundi* meiner unvergleichlichen Einheit berichtete, dass Dschinn Nummer 63 fehlt."

Frau Holda hob die Augenbrauen und legte den Kopf etwas schief, ehe sie fragte: „Warum erfährst du das erst jetzt, Vater der Rosen?"

Es grummelte im Notebook, der Dschinn holte tief Luft, dann sagte er: „Inschallah, Herrin!" Und meinte damit, dies sei wohl Schicksal.

Der Zwerg Ebu Gogu hatte in der Zwischenzeit auf einem weichen Kissen Platz genommen und schaute nun über die Mauer hinweg auf eine wundervolle Landschaft. Schroffes, felsiges Gebirge bildete hohe Schluchten, durch die sich Flüsse und kleinere Gewässer schlängelten. Das Wasser war so klar, dass man das Gestein und den Marmor, aus welchem das Flussbett bestand, erkennen konnte. Verzweigte Wege führten durch die Berglandschaft. Sogar hohe Nadelbäume wuchsen, einem Wald ähnlich, an einigen Hängen. Besonders morgens war es hier unwiderstehlich schön, wenn feine Tautropfen, Tränen der Heiligen gleich, das Licht tausendfach brachen. Und schaute man in den Himmel, blickte man auf ein strahlendes, überirdisch schönes Lichtband, in dessen kreisförmigem Gebilde feurige Spektralfarben über Land und Schloss schimmerten. Es war wie verzaubert. Woida Domos lag im Tal der flammenden Brücke, dem Regenbogental.

Auch auf der Erde gibt es Menschen und Landschaften, die wie verzaubert sind. Die Landschaften, weil sie von einem tiefen Frieden beseelt sind, und jene besonderen Menschen, weil ihre Liebe ganz eigene Wege geht.

„Pfefferminzchen", flötete Maya zuckersüß. Vielleicht ließ er sich ja so anlocken. „Ich hab hier Ringelsocken für dich. Ganz frisch gewaschen", log sie frech.

Nichts. Stille.

Maya war kurz davor, zu resignieren, als sich ganz vorsichtig die Holztür öffnete. „Nicht erschrecken", flüsterte ein verzagtes Stimmchen. „Und auch nicht lachen", flehte es.

Das Mädchen ging einen Schritt zurück. Auf alles Mögliche gefasst behielt Maya die Tür aufmerksam im Blick. Da trat er aus dem Häuschen. Und wie ein begossener Pudel blickte er drein, der Regenbogen-Yeti von Rutenmühle.

Maya war bestürzt über die Erscheinung. „Was hast du denn wieder gemacht?", fragte sie schlicht.

„Gekocht. Fliederbeeren. Und dann ist das passiert", schwindelte er, denn er konnte natürlich nicht verraten, dass er ein ganz eigenartiges Rezept aus einem ganz eigenartigen Buch benutzt hatte.

„Echt? Von den Fliederbeeren? Da war bestimmt eine nicht mehr gut", schlussfolgerte das kleine Mädchen kritisch.

„Kriege die Gummidinger nicht mehr ab." Oh, hörte man da einen selbstmitleidigen Unterton in seiner Stimme?

An ihre geringelten Gummistiefel hatte Maya jetzt so gar nicht mehr gedacht. Aber an einen Waschzuber und an eine große, scharfe Schere ...

Oma Karlotta bewegte sich sehr geschickt hinter der Esse, in der sich heiße Glut befand. Mit Kraft schwang sie den Hammer und schlug das Paar neuer Hufeisen zurecht. Diesmal waren es welche mit Zehenklappen. Eines ihrer Pferde besaß sogar einen Hufschutz aus Kunststoff. Das Tier hatte eine Huferkrankung und man konnte in seine Hufe keine Nägel einschlagen.

Karlotta von Möhrendorf hatte regelmäßig Kontakt zu anderen Menschen aus ihrer Zunft. Auch zur Berufssparte der Chiropraktiker, die sich mit der Knochen- und Gelenkstruktur der Pferde auskannten. Der dicke, begabte Pferdeflüsterer aus Ostfriesland war auch schon mal bei ihr gewesen. Sie legte großen Wert auf die Gesunderhaltung ihrer Tiere.

Einmal hatte Oma Karlotta ihren Enkelkindern erzählt, dass die Römer, lange bevor das Christkind geboren wurde, ihren Pferden Hipposandalen* umgebunden hatten. Die Kinder hatten gelacht und wollten mehr solch merkwürdige und unbekannte Dinge erfahren. Oh Mann, Pferde mit Sandalen!

Es war die Zeit um Allerheiligen* und die Luft des Spät-
herbstes hatte bereits einen leicht winterlichen Geruch. Ver-
schlafen rührte Erkenhilde mit einem Löffel in ihrem Becher.
Ein trüber, regnerischer Tag wie heute verlockte eher zum
Ins-Bett-Kriechen.

„Denkst du, dass wir dieses Jahr Schnee kriegen?", fragte
sie Karlotta.

„Kann man nicht wissen." Die Schmiedin sah kurz von ihrer
Arbeit auf. „Skelmir muss neu beschlagen werden. Hol ihn
mir bitte her, seine Eisen sind abgekühlt."

Hilde stellte den Becher auf ein Regal und getreu der An-
weisung ging sie mit eingezogenen Schultern über den Hof
zum Stall. Ihr war fröstelig zumute. Karlotta war heute also
nicht so redselig.

„Ob ihr eine Laus über die Leber gelaufen ist?", fragte sich
die Reitlehrerin still.

Sie zog das Rolltor zum Stall auf und sofort roch es nach
Pferd. Die Anwesenheit der großen Tiere erwärmte augen-
blicklich ihr Herz. Als Erkenhilde eintrat, hoben sie ihre Köpfe.
An den weichen Pferdemäulern hing Heu.

„Islandpferde haben so hübsche Gesichter", dachte die
Frau mit den isländischen Vorfahren.

Sie öffnete die Schiebetür von Skelmirs Box und gesellte
sich zu ihm. Versonnen streichelte sie seinen Hals, die herr-
liche, volle Mähne und sprach mit ihm.

„Du kriegst neue Schuhe, mein Lieber, gut, was?" Mit viel
Ruhe legte sie ihm das Halfter um und führte den Schimmel
aus dem Stall.

Die unverfälscht freundlichen braunen Augen sahen Erkenhilde Björnsdottir aufmerksam an. Seine Hufe klapperten auf
den Pflastersteinen, gänzlich ohne Arglist trottete Skelmir
hinter seiner Führerin her.

Karlotta Editha Maria von Möhrendorf hatte sich vor fast
drei Jahrzehnten für die Pferderasse der Isländer entschie-
den. Vor vielen Jahren war die Reiterhofbetreiberin des Möh-

rendorfer Gutes in Island gewesen. Wie fasziniert sie von dieser eigentümlichen Landschaft gewesen war! Karlotta hatte sogar das Polarlicht gesehen.

Als Erkenhilde an Charly und deren neue Liebe dachte, kam ihr plötzlich das Wort Bifröst in den Sinn. Wie kam sie denn jetzt auf diesen Namen? Sie kannte die überlieferte Bedeutung des Begriffs. Der Sage nach soll es sich beim Bifröst um eine flammende Brücke gehandelt haben, einem Regenbogen ähnlich, die den Göttlichen als Verbindungsweg zwischen ihrer Welt und den anderen Welten diente. Menschen konnten einen Teil dieser flammenden Brücke von der Erde aus als Regenbogen erkennen. Für Normalsterbliche war sie jedoch unerreichbar.

Hilde stellte sich in ihrer Fantasie Charly und Ruth auf einem Regenbogen vor. „Flammende Brücke", schmunzelte sie, „das würde Charly gefallen. Am grellsten dann noch auf ihrem Bike!"

Erkenhilde übergab Skelmir nun an Oma Karlotta, die sich sofort an dessen Hufen zu schaffen machte, während die junge Frau zurück in den Stall ging. Dass sie eine unsichtbare kleine Freundin hatte, ahnte sie gar nicht: Kimama, die kleine, süße Elfe aus dem Reich der Holda! Sie umflatterte die junge Frau manchmal und lachte ein glockenhelles Lachen. Und sie war es, die ihr das Wort „Bifröst" ins Ohr geflüstert hatte. Kimama liebte die Liebe der Regenbogenmenschen. Und sie erfreute sich mit Hilde zusammen an Charlys Glück. Der Wallach Skelmir hatte sie sehen können, die Elfe. Klar, Tiere konnten Wesen aus der Anderswelt wahrnehmen.

Aber Erkenhilde machte sich weiter keine Gedanken mehr um den Bifröst. Sie begann die Boxen auszumisten. Judith, Oma Karlottas langjährige Bekannte und Aushilfe auf dem Hof, kam heute nicht. Sie hatte sich eine üble Erkältung eingefangen.

Weit weg mit ihren Gedanken fiel der Frau mit den schönen hellblauen Augen die Melodie eines isländischen Volksliedes ein, das ihr Vater Björn manchmal gesummt hatte, als Hilde noch klein gewesen war. Ihre kleine Elfenfreundin summte mit, für die Pferdeflüsterin leider nicht zu hören. Es hieß auf *Isländisch Á Sprengisandi.*

Ríðum, ríðum, rekum yfir sandinn,
rennur sól á bak við Arnarfell.
Hér á reiki' er margur óhreinn andinn
úr því fer að skyggja á jökulsvell.
Drottinn leiði drösulinn minn,
drjúgur verður síðasti áfanginn.

Þei þei, þei þei. Þaut í holti tófa,
þurran vill hún blóði væta góm,
eða líka einhver var að hóa
undarlega digrum karlaróm.
Útilegumenn í Ódáðahraun
eru kannski' að smala fé á laun.

Ríðum, ríðum, rekum yfir sandinn,
rökkrið er að síga' á Herðubreið.
Álfadrotting er að beisla gandinn,
ekki' er gott að verða' á hennar leið.
Vænsta klárinn vildi' ég gefa til
að vera kominn ofan í Kiðagil.

Übersetzt in die deutsche Sprache bedeutete es:
Über den Sprengisandur.*

Wir reiten, reiten und jagen über die Sandwüste,
die Sonne geht unter am Arnafell (Adlerberg).
Hier im Ungewissen gibt es manch unheimlichen Geist,
der seine Schatten auf den Gletscher wirft.
Der Herr leite mein Pferdchen.
Schwer wird das letzte Stück meiner Fahrt:

Hört, hört! Da heulte im Steinhügel eine Fähe!
Sie will ihren trockenen Gaumen mit Blut netzen.
Oder rief da nicht irgendjemand?
Eine seltsam bedrohliche Männerstimme.
Ein Geächteter im Odáðahraun
treibt vielleicht heimlich Schafe zusammen.

Wir reiten, reiten und jagen über die Sandwüste,
die Dämmerung senkt sich auf Herðubreið (Berg).
Die Elfenkönigin zäumt jetzt ihren Zelter;
es ist nicht gut, ihren Weg zu kreuzen.
Mein bestes Pferd würde ich dafür geben,
heil im Kiðagil (Ende der Strecke) anzukommen.

„Hey, hier bist du!" Charly riss in ungehobelter Manier das Scheunentor auf und Hilde damit aus ihrem Volkslied.

Stormson wieherte, was der schlaksigen Frau in der Lederjacke richtig spöttisch vorkam. Es war, als fühlten sich auch die Pferde bei der musikalischen Darbietung von Erkenhildes Lied durch Charlys unsanftes Eintreten gestört. Konnten Tiere einen Sinn für Musik haben?

„Bist du mit dem Fahrrad hier?", fragte die Freundin.

Charly räusperte sich und streifte ihre Handschuhe ab. „Wie denn sonst? Bei dem Wetter fahre ich nicht Motorrad", log Charly reichlich schlecht.

„Ja, Fahrradfahren soll gesund sein", setzte Erkenhilde nach, denn sie konnte es sich nicht verkneifen, Charly aufzuziehen. Die Freundin ahnte schon, warum der motorfreie Stahlesel Beachtung gefunden hatte.

Ganz sicher lag es nicht am Wetter, denn Charly fuhr noch bis in den Winter hinein, solange weder Schnee noch Eis sich zeigte. War es nicht viel mehr der Tatsache geschuldet, dass das Motorrad Charlys mal wieder den Dienst verweigerte? Offenbar traf dies zu, denn schon hörte Hilde das ihr nicht unbekannte Gejammer.

„Thorsten muss es abholen, verdammt." Und: „Wahrscheinlich schon wieder die Bordelektronik."

Was auch sonst?! Dieses Motorrad war einfach ständig reparaturbedürftig!

Als sie und Erkenhilde im Sommer dieses Jahres nach der großen Aufregung um Oma Karlotta schließlich doch noch ihre wunderschöne Reise mit den Motorrädern in die Dolomiten unternommen hatten, war der höchst vorhersehbare Fall eingetreten, dass die Aprilia Moto 6.5 einfach nicht mehr weiterfahren wollte. Nach schier endlosem Hin und Her hatte ein zu Hilfe gerufener mobiler Mitarbeiter des ADAC schließlich klargestellt, dass man dieses Motorrad in eine Werkstatt befördern müsse. Ja, und so hatten die beiden jungen Frauen ungeplant einen langweiligen Tag in der Nähe von München verbracht. Und was war mit Charlys heißem Ofen los gewesen? Es hatte sich, ach Gott, ach Gott, in einer der Sicherungen ein klitzekleiner Haarriss gebildet. Eigentlich hätte man nur den Satz Sicherungen auszuwechseln brauchen, so versuchsweise, aber Charly, der Holzkopf, hatte mal wieder vergessen, sich ein paar Sicherungen einzustecken ...

Vor längeren Reisen mit einem Motorrad sollte man sich vorbereiten. Ein Satz Reservesicherungen gehörte dazu. Da hatte es auch nichts genützt, dass Charly vor Wut gegen das Schutzblech am Hinterreifen getreten und dabei das Rücklicht erwischt hatte. Die Reparatur war dadurch nicht billiger geworden.

Charly nestelte an einem Halfter. „Ausgerechnet jetzt muss die Maschine ausfallen!" Das Selbstmitleid nahm kein Ende.

Erkenhilde kratzte sich am Kinn wie immer, wenn sie nachdachte. Sie schürzte die Lippen. „Du hast dich verliebt", resümierte Hilde. Darum ging also die Welt unter, weil die Ritterin nicht auf ihrem stählernen Ross die Prinzessin ihres Herzens umherkutschieren konnte! Das steckte wirklich hinter dem Gejaule ihrer Freundin.

Charly hatte sich nämlich Hals über Kopf in eine Motorradfahrerin aus Graz verliebt. Und die war auch noch ganz und
gar ihr Typ: blonder Undercut, blaue Augen wie Ruby Rose
und eine freche Klappe. Man hätte auch sagen können: sehr
selbstbewusst. Aber das traf es nicht so richtig. In der Nähe
von Bozen, der Hauptstadt von Südtirol, hatten Ruth und
Charly einander kennengelernt. Was zur Folge hatte, dass der
Name Ruth zu allen Tages- und Nachtzeiten Inhalt jeglichen
Gesprächs wurde. Und das den ganzen restlichen Urlaub hindurch. Jetzt biss sich Hilde auf die Zunge. Charly bemerkte
ihren Hohn. Sie drehte sich weg. Ihr wurde so komisch heiß
an den Ohren.

„Hey, deine Prinzessin will wahrscheinlich gar nicht von

dir herumkutschiert werden!", rief Erkenhilde der Freundin nach, die sich verdächtig leise in eine Ecke des Stalls verkrümelt hatte.

Mit ihrer letzten Aussage hatte Erkenhilde wohl auch recht. Ruth würde sicher mit ihrem eigenen Motorrad nach Neuenkirchen kommen wollen. Die fuhr nämlich das, worauf Charly schon lange scharf war: eine Maschine aus dem guten Hause Harley-Davidson. Unsere Ritterin müsste dann mit dem Platz als Sozia vorliebnehmen. Oh, welche Schmach ...

Ja, Ruth war eine Drachenreiterin, eine Dyke on Bike*.

Dampf drang in kleinen Wölkchen aus seinen Nüstern. Mit seinen großen Pranken fummelte er am Headset herum. Dieses blöde moderne Zeug rieb an seinem linken Horn, sodass er schon eine Scheuerstelle sehen konnte, wenn er in den Spiegel blickte.

„Bei Thor und allen Göttern", raunzte Heimdahl. „Was waren das noch für Zeiten, als die Herrschaften einfach in ein Horn getutet haben ...“

Wie lange bewachte er nun bereits den Eingang zum Rikur Dead*? Dreitausend Jahre waren es wohl sicher schon und 2975 davon hatte es doch auch ohne mobiles Telefon funktioniert. Also wirklich!

Nachdem die hohe Frau und der große Geist befunden hatten, dass man Zerberus in den Ruhestand schicken sollte, war man gewissermaßen statt auf den Hund auf den Drachen gekommen. Auf ihn, Heimdahl, der am liebsten, wenn er nicht flog, in seiner Höhle döste, ab und zu ein warmes Feuerchen spuckte und seinen Salat zu sich nahm. Und jetzt verdaddelte er hier seine Zeit als Wächter vor den Toren zur Unterwelt!

Er bekam Hunger. Die Wachablösung, das Bataillon der Dschinn, übernahm erst in 24 Stunden. Wackelig drehte er sich um. Nicht in dreitausend Jahren hatte er sich an diese flammende Brücke gewöhnen können. Ständig hatte er das Gefühl zu schaukeln. Was sich die Götter auch immer einfallen ließen! Das entzog sich seinem Verständnis. Und echt, vor ein paar Stunden hatte er einen aufgeregten Anruf von der Chefin erhalten. Frau Holda höchstpersönlich war es gewesen, die ihn gefragt hatte, ihn, den dicken, aber wachsamen Heimdahl, warum er nicht bemerkt hätte, dass ein Dschinn, nämlich der mit der Nummer 63, aus der unvergleichlichen Einheit des Abu al Azila nicht an seinem Platz gewesen war. Auf den Schreck hin musste er erst mal 50 Stück Blumenkohl verspeisen, woraufhin sein Bauch zu grummeln begann. Kohl und Drachenmägen, das vertrug sich nicht. Das führte zu unangenehmen Folgen ...

Rikur Dead, was war das bloß für ein geheimnisvoller Ort? Es war eine Stätte, an der die verstorbenen Seelen aller Geschöpfe erst einmal Asyl fanden. Um die Orientierung kümmerten sich hilfreiche Geistwesen, die die Seelen auf ihrer weiteren Reise begleiteten. Es war kein Ort der Bestrafung. Jedoch gab es ein absolut unüberwindbares Gesetz: Lebenden war der Zutritt verboten. Es war das Reich der Toten.

An diesen Sonntag sollte Karlotta von Möhrendorf noch lange denken. Es war der Sonntag nach Allerheiligen. Eine Zeit, in der die feinen Grenzen zwischen dem Reich der Toten und dem der Lebenden fließender zu sein schienen. Es war der 02.11.2014.

Opa Jörg ging es nicht gut, er hatte wieder häufiger Schwindelanfälle und war in depressiver Stimmung. Noch immer hatte er keinen neuen Blindenhund. Er trat seinen sozialen Rückzug im Arbeitszimmer an und saß in seinem geliebten Ohrensessel. Dort hörte er über Kopfhörer Musik. Stramme Rockmusik! Er liebte rockige Gitarrensounds und klare Riffs.

Karlotta beobachtete sein Verhalten mit Sorge. Sie kannte zwar diese Gefühlseinbrüche ihres Mannes, aber daran gewöhnen konnte sie sich nicht. Auch wenn sie mittlerweile gelassener damit umging. Das Leben war nicht immer einfach!

„Willst du einen Kaffee?", fragte sie ihre Tochter.

„Gerne. Hast du Maya gesehen, Mama?" Ati lehnte an der Kredenz und schlürfte übergelaufenen Kaffee von der Untertasse, der sich wegen der Milchzugabe in der Tasse stark vermehrt hatte. „Steve schläft noch, aber Maya liegt nicht mehr in ihrem Bettchen", fügte die Mutter der beiden Kinder hinzu.

„Vorhin habe ich sie mit dem Puppenwagen über den Hof spazieren sehen", beruhigte Karlotta ihre Tochter. Mütter! Die machten sich ja IMMER Sorgen!

Und wer saß da bei Maya im Puppenwagen? Man glaubte es nicht: der Zauberhase Herr Pfefferminzky!

Ihr Teddy, der ansonsten in den Genuss des Im-Puppenwagen-Herumgeschobenwerdens kam, war aus Platzgründen mal eben auf dem Regal im Kinderzimmer geparkt worden. Ja, Maya hatte ihren flauschigen Hasenfreund kurzerhand aus seinem Wacholderbaumhäuschen auf den Möhrendorfer Hof geholt. Und damit er nicht sofort von anderen Tieren gesichtet werden konnte, war eben der Puppenwagen zum James-Bond-Mobil umgerüstet worden.

Unter einem Deckchen lag der Hase zufrieden und beschützt von dem Verdeck des rollenden Puppendings. Er schlief, denn er war erschöpft. Noch immer hatte er einen langen, bunten Zottelpelz. Gut, dass es nicht mehr so warm war! Maya hatte ihm ein Liedchen vorgesungen, das ihn schläfrig gemacht hatte. Irgendwas von Schafen und Schlafen ... und Mond und Sternen ...

Es war so: Herr Pfefferminzky wohnte zurzeit in einem ausgemusterten Schrank auf dem Dachboden des Gutshofes zwischen alten Töpfen, Bildern und Wolldecken. Die beiden Verschwörer mussten vorsichtig sein, denn die gute Nase der Katze Lily konnte ihn verraten, außerdem hatte sie die Fähigkeit, ihn zu sehen. Wir wissen ja, sie machte gerne Jagd auf Herrn Pfefferminzky.

Die im Hause wohnenden Menschen würden ihn nicht bemerken, solange er sich ruhig verhielt. Außer Maya mit ihren Zauberaugen konnte ihn kein Mensch sehen.

Vor ein paar Tagen erst hatte Mayas Mama gefragt, wo denn ihre bunten Gummistiefel seien. Das Kind hatte mit den

Schultern gezuckt und seine Mutter mit funkelnden Augen angesehen.

„Weg", lautete die knappe Antwort.

Ati hatte daraufhin „Weg" und „Aha" gemurmelt, eine Schnute gezogen, den rechten Ellbogen auf den linken Arm gestützt und mit dem Zeigefinger auf ihre Unterlippe getippt. „Nicht zufällig unterm Bett oder so?"

„Nee", hatte das Mädchen mit den blonden Löckchen geantwortet und ebendiese geschüttelt.

Ati hatte es dabei belassen, denn wenn ihre Tochter in das erste Stadium des Bockigwerdens kam, ging nichts mehr!

„Möhrendorfer Sturkopf", dachte Ati und wurde selbst bockig, als sie unter dem Bett nachsehen musste. Aber was lag da? Eine Feder! Ati angelte die grau-schwarz-gelb gezeichnete Feder unter dem Bett hervor. Die würde sie später mal Erkenhilde zeigen.

Mayas Mutter strich sich den Staub von der Jogginghose. Moment mal! Ati hielt kurz inne. Lag da nicht noch etwas? Die Frau ließ sich noch einmal auf die Knie nieder und beugte ihren Oberkörper so weit hinab, dass sie unter das Bettgestell sehen konnte. Wenn ihr nicht gerade die roten Haare vor die Augen fielen.

Oh je, die Gummistiefel waren Opfer einer Schere geworden! Maya hatte die Dinger an den Füßen des Hasen an den Seiten aufgeschnitten, weil er sie wegen des zauberhaften Pelzwuchses nicht von den Pfoten ziehen konnte. Danach waren die zerschnittenen Schuhe in der Mülltonne gelandet. Gut vergraben unter stinkendem Abfall. Es waren Mayas Lieblingsschuhe gewesen. Aber angesichts des Dilemmas, in dem sich der arme Zauberhase befand, hatte das Mädchen ihm gar nicht böse sein können. Stattdessen hatte sie ihn mit einem Paar geringelter Socken getröstet, die sie aus Oma Karlottas Kommode im Schlafzimmer gefischt hatte. Ja, Herr Pfefferminzky konnte froh sein, dass er eine so warmherzige Freundin hatte!

Beate von Möhrendorf schüttelte den Kopf. Was war denn das für ein alter, schwerer Schinken von Buch? Jetzt lag er vor ihr auf dem Küchentisch. Darunter hatte sie die Zeitung von vorgestern gelegt, denn das Werk war arg verstaubt. Irgendetwas zog die Mutter von Steve und Maya in seinen Bann. Mit spitzen Fingern schlug sie die erste Seite auf. Herrje, es war ja sooo staubig! Ati musste zweimal heftig niesen.

„Sieht wie eine Runenschrift aus, ja, genau!", stieß sie hervor. Sie schaute nachdenklich aus dem Fenster. Die Sonne schien, es war ziemlich mild für einen nordeuropäischen November. Neugier regte sich in ihr und die war stärker als ihr hygienisches Bedürfnis nach Entfernung dieses Staubfängers vor ihr.

Da stand auch was in schnörkeliger Schrift. Sollte das die Übersetzung sein? Um dieses Geschreibsel zu verstehen, brauchte es Oma Karlotta ...

Nachdem Ati ihre Mutter per Handy in der Schmiedewerkstatt angefunkt hatte, ließ diese den Hammer liegen und ging zügigen Schrittes über den Hof. Sportlich nahm sie die fünf Stufen zum Eingang, streifte sich in der Diele flugs ihre Lederstiefel von den Füßen, hangelte sich am Treppengeländer entlang in das erste Stockwerk und stand innerhalb weniger Minuten neben ihrer Tochter. Karlotta von Möhrendorf verschnaufte kurz.

„Das ist also dein Fund!" Atis Mutter betrachtete das dicke Buch skeptisch und reckte ihren Hals in Richtung Küchentisch. „Hm, die Offenbacher Schrift", stellte sie fest.

„Ja, altdeutscher Schnörkel. So weit war ich auch schon, aber ich kann die Buchstaben nicht entziffern", entgegnete Ati.

Oma Karlotta hatte in ihrer Schulzeit unter anderem die Antiqua, so nannte man diese Schrift, erlernt. Sie blätterte vorsichtig durch die Seiten und schlug eine Textzeile so ziemlich in der Mitte des Buches auf.

„Du meine Güte, da steht was von Schwefel, Quecksilber

und Salz. Und alles auch noch in Runenschrift verfasst! Anscheinend war die vorher da und wurde irgendwann später ins Deutsche übersetzt", wunderte sich die Schmiedemeisterin. „Woher hast du das?" Sie zog die Augenbrauen zusammen, was kein gutes Zeichen war.

„Es lag unter Mayas Bett."

Karlotta blickte aus dem Fenster in den Hof. Dort ging Maya fröhlich mit dem Puppenwagen auf und ab. „Unter Mayas Bett", wiederholte die ältere Frau nachdenklich. Dann wandte sie sich wieder dem Buch zu. Ein absurder Spruch erregte die Aufmerksamkeit der Schmiedin. So las Mayas Oma die aufgeschlagene Seite laut vor: „Schwefel, Brühe, Kraut, das stinke, Salz und Ingwer koch und trinke, tu Spinnenbeine eins, zwei, drei und einen Globulus dabei."

Oha! Das hätte Karlotta mal lieber nicht laut ausgesprochen!

Beide Frauen trauten ihren Augen nicht, als der Ledereinband anfing zu wackeln. Erst ganz unmerklich, aber dann ... hüpfte er auf dem Küchentisch umher!

Ati packte das Grauen, sie rannte vor Schreck kreischend aus der Küche. „Mama!", rief sie laut.

Im Gegensatz zu ihrer Tochter fasste sich Karlotta Editha Maria von Möhrendorf allerdings ein Herz und krallte sich den nächstbesten Besen. „Gibst du wohl Ruhe", schimpfte Mayas Oma und drosch wie wild auf das Buch ein, zerschlug dabei unter anderem ein paar Tassen, aber das widerspenstige Buch ließ sich nicht bändigen.

Jetzt sprang es noch viel mehr herum, nicht nur auf dem Tisch. Es hüpfte im Flur hinter Ati her. Die Chefin des Catering-Services MÖHREN & MORE verschanzte sich im Badezimmer, drehte den Schlüssel gleich zweimal um und zitterte vor Aufregung.

Oma Karlotta aber hatte das Jagdfieber gepackt. „Glaub bloß nicht, dass du mir entkommst", drohte die Schmiedin wütend.

Das machte dem Buch anscheinend nichts aus, denn es wackelte und sprang wie ein junger Hirsch herum. Menschen, die nichts von Magie verstehen, diese aber anwenden, können schlimme Geister herbeirufen!

Ebu Gogu ritt mal wieder auf Harald, seinem Waldtaxi. Und dieses Mal hatte er es enorm eilig. Das Buch war aufgetaucht!

Abu al Azila war in dringender Angelegenheit auf seinem schönen Perserteppich zu Frau Holda geflogen. Mit Turboantrieb. Um ihr umgehend und höchstpersönlich mitzuteilen, dass er magische Frequenzen in seinem Hauptserver empfangen hatte. Zu allem Übel aus der Welt der Menschen!

Frau Holda war gerade dabei gewesen, die Grundlagen des Umgangs mit hellseherischen Fähigkeiten in einem der Schulräume auf Woida Domos zu unterrichten, als es an die schwere Holztür geklopft hatte. Mitten in ihrer schönen Vision, die sie mit ihren Schülerinnen hatte teilen wollen, war sie harsch unterbrochen worden. Die Vision waberte nebulös vor ihrem geistigen Auge herum, während sie stattdessen den Dschinn aller Dschinns sehr real und klar den Raum betreten sah.

„Es ist hoffentlich wichtig", kommentierte sie sein Erscheinen.

Abu al Azila flüsterte ihr leise etwas zu, dann begaben sich beide aus dem ehrwürdigen, alten Raum hinaus. Frau Holda schloss leise die Tür.

„Wir haben magische Aktivitäten in der Menschenwelt entdeckt", begann er ohne Umschweife.

„Lass mich raten, Vater der Rosen", nahm die Königin der Anderswelt halbwegs amüsiert vorweg. „Rutenmühler Waldviertel, Zauberhase Pfefferminzky."

„Oh nein, meine Liebe, viel schlimmer: Möhrendorfer Gutshof, erster Stock!"

Die große Zauberin schaute den Vater der Rosen nachdenklich an. Hier war ahrimanische Macht* im Spiel, das spürte sie. Abu al Azila nahm ihre sorgenvolle Schwingung auf.

Mit dem Befehl von ziemlich höchster Stelle, die magischen

Vorkommnisse zu untersuchen, kam unser Zwerg also am Mühlenbach an. Harald, der Hirsch, knickte mit den Vorderbeinen ein, sodass Ebu halbwegs elegant absitzen konnte. Das Laub raschelte, als das gut gelaunte Damwild mit einem lustigen Liedchen auf den Lippen zurück in den Wald trabte.

Ebu Gogu bahnte sich einen Weg Richtung Haupteingang des Gutshauses derer von Möhrendorf. Das Gras der Wiese war feucht und kalt, er rutschte ein paarmal bedenklich weg. So ließ er die alte Eiche links stehen und bewegte sich nun sehr nahe am Haus entlang. Aufträge dieser Art nahm er der Chefin stets übel. Aber es half nichts, denn wie immer hatte er ihre Litanei zu hören bekommen, dass er als hoher Waldbeamter für Ordnung sorgen müsse. Dies sei eine Frage der Arbeitsorganisation und er könne sich nun wirklich nicht beschweren.

War da nicht ein Geräusch? Da, er hörte ein zufriedenes Schmatzen und tiefes Schnarchen.

„Das kommt mir sehr bekannt vor", flüsterte er zu sich selbst. Mit der linken Hand stützte sich der Zwerg kurz an der Mauer des Hauses ab. So konnte er in den Innenhof des Reitgestüts blicken. Da stand ein Puppenwagen. Sehen konnte er ihn allerdings nur von hinten. Das Geschnorchel schien direkt aus dem einer Muschel ähnlichen Verdeck zu kommen.

„So was", stutzte Ebu Gogu, zupfte sein rotes Mützchen zurecht und verharrte ein paar Sekunden. Wichtige Sekunden, wie er später feststellen musste.

Erkenhilde war gerade im Begriff, am Stalltor Reitgäste zu empfangen, als die Schmiedemeisterin wie eine Gewitterwolke quer über den Hof donnerte. Im nächsten Augenblick konnte man dann einen wirren roten Lockenkopf erkennen, der im Sauseschritt hinter der Wolke her zischte. Beide Frauen verschwanden in der Schmiede. Sie stritten sich.

„Was ist denn da los?", fragte sich Erkenhilde. Wenn Beate sich mit ihrer Mutter zankte, dann flogen schon mal richtig die Fetzen. Zum Glück kam das nicht so häufig vor.

Opa Jörg schien von all dem nichts mitzubekommen. Er versank in seiner Rock-'n'-Roll-Welt und manchmal spielte er dazu sogar Keyboard.

„Niemand wird ein Sterbenswörtchen von diesem Vorfall erfahren, hast du mich verstanden, Kind?"

Nein, hatte Ati wohl nicht, denn sie entgegnete mit hochrotem Kopf: „Ich glaube, es geht los! Wie redest du überhaupt mit mir?"

Das Feuer in der Esse brannte knisternd vor sich hin.

„Und nenn mich bloß nicht schon wieder Kind!", bellte Ati gereizt.

Wie ein Drache umkreiste Oma Karlotta ihren Amboss. Der Mutterdrache stemmte die Arme in die Hüfte. Beide Frauen waren außer sich. Was war geschehen?

Just als dieses höchst sprungfreudige Buch endlich in eine Ecke getrieben und Karlotta sich ihres Sieges sicher gewesen war, hatte es einen lauten Knall gegeben, bei dem sich eine nach Schwefel stinkende Rauchwolke gebildet hatte. Daraus hervor war eine schuppige Klaue gekommen, die sich das unheilvolle Buch gekrallt hatte. So schnell hatte Oma Karlotta gar nicht gucken können, da hatten Buch und Klaue sich auch schon aufgelöst. Weg! Es war weg. Einfach weg!

Kreuzdonnerwetter, er kam ein paar Sekunden zu spät! Es waren genau diese Sekunden, die er verwundert auf den schnarchenden Puppenwagen gestarrt hatte und die ihm nun fehlten. Oh Mist!

Niemand hatte ihn bislang gesehen. Geduckt stand der Zwerg an der vorletzten Treppenstufe, damit er nicht doch noch entdeckt wurde. Jetzt schlich Ebu Gogu rückwärts die Treppe wieder nach unten und versteckte sich schnell im Flur hinter einem Paar hoher Lederstiefel.

„Uhh." Der Zwerg rümpfte die Nase. Die Stiefel rochen nicht nur nach Leder.

Da stapfte auch schon die ältere Menschenfrau die Stufen herab. Aus taktischen Gründen wechselte er seine Position und kroch unter den Hocker, der bei den Schuhen stand. Allerdings setzte sich Karlotta genau auf diesen und schlüpfte wieder in ihre Stiefel. Sie bemerkte den Zwerg überhaupt nicht. Das war auch gut so, denn sie war ziemlich aufgebracht.

Als sie aufstand, rief sie laut in den ersten Stock hinauf: „Meine mutige Tochter kann jetzt wieder aus dem Badezimmer kommen!" Das war eine klare Kampfansage an Ati.

Die hatte sich mittlerweile tatsächlich wieder aus dem Badezimmer getraut. Und ärgerte sich. Am meisten über sich selbst!

An diesem Abend telefonierte Oma Karlotta sehr lange mit ihrer Freundin Ida Sundstede. Opa Jörg sollte vorläufig nichts von der Sache am Nachmittag erfahren.

Und Ati berichtete Charly und Erkenhilde alles haarklein. Zumindest das, was sie in der Küche erlebt hatte und im weiteren Verlauf aus der Badezimmerperspektive mitbekommen hatte. Was ging hier nur vor sich? Im letzten Sommer hatten sich auf dem Gutshof ebenfalls bereits seltsame Begebenheiten zugetragen.

„Vielleicht solltet ihr einen Parapsychologen zu Hilfe holen. Jemanden, der unerklärliche Vorkommnisse erforscht", schlug die Frau mit den isländischen Ahnen vor.

Charly musterte sie von der Seite. „Klar, Ghostbusters!"

Erkenhilde wandte sich leicht gekränkt ab.

Worüber sich aber alle Beteiligten einig waren: Maya sollte in nächster Zeit besser im Auge behalten werden. Irgendetwas Geheimnisvolles wusste das Kind.

Gänse, Geister und Konsorten

„... und übermorgen hole ich der Königin ihr Kind." Das Rumpelstilzchen hatte seine Wirkung nicht verfehlt. Maya schlief bereits. Ati streichelte ihr übers Haar und lächelte. Sie klappte das große Märchenbuch zu, zog die Bettdecke noch ein bisschen höher und ging leise aus dem Zimmer. Die Winnie-Puuh-Decke war Schnee von gestern. Mayas neues Lieblingsbettzeug zierten Hasen und Möhrenmotive ...

Ihr Bruder Steve war am Abend quengelig gewesen und hatte nicht zu Bett gehen wollen. Der Fernsehapparat hatte ihn buchstäblich in sich hineingesaugt. Aber jetzt schlief auch er in seinem Bettchen. Ati hatte zuvor ein Gutenachtgebet mit ihm gesprochen.

Lieber Gott,
alles schläft, die Sterne funkeln
und ich träume schon im Dunkeln.
Heute gab es viel zu sehen,
manche Abenteuer zu bestehen.
Beschütz mich auch in dieser Nacht,
gib wie immer auf mich Acht.
Amen.

Seine Mutter hatte sich dann für einen Moment zu ihm gelegt, sodass er Ruhe finden konnte.

Jetzt war Beate von Möhrendorf in ihrem Arbeitszimmer und hockte über ihren Kalkulationen. Unkonzentriert wischte sie mit dem Cursor über den Computerbildschirm, als sie gedämpfte Schritte über sich vernahm. Vor ein paar Wochen hatte die Familie Waschbären auf dem Dachboden gehabt. Ati war nervös nach dem Vorfall von vorhin.

„Das bilde ich mir ein", versuchte sie sich selbst zu beruhigen. Es nagten jedoch Zweifel an ihr. Sollte der Gutshof derer von Möhrendorf wirklich von paranormalen Ereignissen heimgesucht werden? Komisch, jetzt war es wieder still.

„Zu still", fand Ati.

Um kurz nach neun Uhr abends war es natürlich schon dunkel draußen. Im November. Zeit der Geister.

„Schluss mit solchen Gedanken!", rief sich Beate von Möhrendorf selbst zur Ordnung. Sie brauchte einen Beruhigungstee für ihre strapazierten Nerven. Einen mit viel Johanniskraut. Jawohl! Wollte sie morgen früh, am Montag, ausgeschlafen sein, musste sie innerlich zur Ruhe kommen.

Als sie leise in die Küche ging und den Wasserkocher befüllte, sang sie vor sich hin. Sagte man nicht, dass singen böse Geister vertrieb?

Der Dachbodengeist war niemand anderer als Herr Pfefferminzky. Sein übermäßiger Fellwuchs juckte ihn. Zuerst war Maya dem Pelz mit der Schere zu Leibe gerückt, was wenig genützt hatte, denn er wuchs alsbald wieder nach. Damit musste er wohl vorläufig leben, bis er einen Zauber fand, der dieses Malheur rückgängig machte.

Das Mädchen hatte ihm ein großes Kissen aus Oma Karlottas Wohnzimmer geholt und eine löchrige Wolldecke gegeben. Na ja, man konnte es schon aushalten in diesem Schrank. Immerhin hatte er seine Schlafringelsocken mitbringen dürfen. Diese lagen nun rechts und links auf dem großen Kopfkissen, auf dem sein ganzer Hasenkörper Platz fand. Nur seine Schlafmütze befand sich noch im Wacholderbäumchen. Großzügig hatte Maya ihm eine Wollmütze ihrer Mutter geschenkt. Die war blau-grau kariert und hatte einen großen Bommel.

Woran weder der zauberhafte Zauberhase noch seine zauberhafte kleine Freundin gedacht hatte: Es gab keine Toilette auf dem Dachboden. Und das war ein Problem. Oh Gott, er musste so dringend sein Geschäft erledigen! Als das kleine

Mädchen ihn zurück auf den Dachboden geführt hatte, hatten die beiden Schlaumeier vergessen, dass Zauberhasen ihr Geschäft VOR dem Schlafengehen erledigen sollten.

Aufgrund dieses Toilettenproblems hatten die Freunde ursprünglich ein anderes Versteck in Erwägung gezogen, dann wäre jedoch die Gefahr zu groß gewesen, dass die grau getigerte Katze Lily den Hasen entdeckte. Stall oder Keller war also keine Option.

Da half nur Plan B: Maya hatte Herrn Pfefferminzky für den Fall der Fälle den kleinen Raum gezeigt, wo sich dieses Toilettendings befand, auf das man anschließend draufdrücken musste. Da sollte er sein Geschäft erledigen? Menschen machten das wohl so, aber Hasen? Selbst Zauberhasen verrichteten ihre Geschäfte einfach im Wald. Menschen waren schon umständlich! Aber gut, wenn seine liebe Freundin das wollte, musste er wohl oder übel dieses WC benutzen ...

Etwas steifbeinig bemühte er sich aus dem Schrank. Ihm fehlte das fröhliche Rumhoppeln. Die unkomplizierte, leichte Schnelligkeit. Seine Muskeln waren inzwischen seit einiger Zeit nicht trainiert worden. Der schwere Zottelpelz hinderte ihn daran.

Maya hatte ihn eindringlich angewiesen, leise zu sein. „Sonst bemerkt dich Mama", hatte sie gesagt und ihn ganz ernst angesehen. Und er hatte versucht, mindestens genauso ernst zurückzugucken.

Im Zuge seines spätabendlichen Vorhabens versuchte er, sich an die Dunkelheit zu gewöhnen. Wir erinnern uns: Hasen sehen im Dunkeln nicht so gut. Katzen dafür umso besser.

Ach je, die Türklinke der Dachbodentür war ziemlich hoch angebracht. Herr Pfefferminzky machte sich so groß, wie es ging, und streckte sich nach oben. Er hangelte nach der Klinke, verfehlte sie und sprang ein paarmal in die Höhe. Das machte zu viel Krach.

„Leiser sein", sagte er zu sich selbst.

Endlich öffnete sich die Tür. Vorsichtig tastete er sich an der

Wand entlang und ging die Holztreppe hinunter, die in den Flur des ersten Stockwerks führte. Niemand war zu sehen und wahrnehmen konnte ihn auch kein Mensch. Langsam wuchs sein Sicherheitsgefühl, denn selbst die Katze war hier im Haus keine Gefahr. Tja, die Katze nicht, aber ...

Verstohlen sah er sich um. Er schnüffelte nach Hasenmanier in die Luft, seine feinen Schnurrhaare vibrierten. Ganz leise schob er die angelehnte Zwischentür auf und schlich in die Wohnung.

Oh nein! Die Tür zum WC-Dings war geschlossen. Aber zum Glück stand ein kleiner Schemel in der Nähe. Vorsicht war geboten, denn durch den Türspalt eines Zimmers drang noch Licht nach draußen.

Herr Pfefferminzky schob den Hocker über die Dielen, was ein schleifendes Geräusch verursachte. Sofort hörte er Schritte, die sich auf die Tür des Raumes zubewegten, aus dem das Licht fiel. Die Frau mit den roten Locken öffnete die Tür und spähte in den Flur. Hektisch, trotz Johanniskraut, betätigte sie den Lichtschalter. Was war das denn? Der Hocker stand ja vor dem Badezimmer! Sie schüttelte den Kopf und schob ihn zurück.

Nach ein paar Minuten war es wieder still im Flur. Herr Pfefferminzky hörte eine gedämpfte Stimme aus dem Zimmer, in das die Frau zurückgekehrt war. Seltsamerweise sprach sie anscheinend mit sich selbst.

Fix schob der Zauberhase den Hocker wieder vor die Badezimmertür. Erneut knarzte es, woraufhin auch die Frau wieder im Türrahmen erschien. Entgeistert starrte ein grünes Augenpaar auf den Hocker.

Während des Schiebens war dem unsichtbaren Gast die Wollmütze vom Kopf gerutscht. Er haschte nach der Mütze.

„Ich glaub, ich spinne", stammelte Beate von Möhrendorf, „die Mütze bewegt sich." Sie stieß einen unterdrückten Schrei aus. Kein Lied der Welt hätte sie jetzt beruhigen können. „Die Kinder", schoss es der Mutter durch den Kopf.

Rasch ging Ati ins Zimmer ihrer Tochter. Besorgt blinzelte sie in die Dunkelheit. Maya lag noch genauso in ihrem Bettchen wie vorhin, als Ati das letzte Mal nach ihr gesehen hatte. Dann betrat sie leise Steves Zimmer. Alles war in bester Ordnung. Gott sei Dank! Die Kinder schliefen tief und fest. Niemand sonst, auch kein Gespenst, schien anwesend zu sein.

„Die Frau hat aber ein dünnes Nervenkostüm", dachte Herr Pfefferminzky so bei sich. Er würde unter keinen Umständen von ihr entdeckt werden, weil sie ihn ja nicht sehen konnte, aber sicher war sicher. Also huschte er zurück auf die Treppe zum Dachboden. Mitsamt der blau karierten Bommelmütze.

Aufgeregt rannte Ati ins Erdgeschoss zu Oma Karlotta. In einem Morgenmantel. Und ziemlich blass im Gesicht. Sie sah schon beinahe selbst aus wie ein Geist!

Jetzt! Mayas Mutter war nicht mehr zu sehen. Die Gunst der Stunde wusste der Zauberhase prompt zu nutzen. Schnell rannte er durch den Flur zum Hocker, schob ihn an die Badezimmertür, sprang hinauf und konnte die Klinke herunterdrücken. Oh Schreck, plötzlich kippte der Hocker weg und er hing am Türgriff! So baumelte er an der Klinke, aber glücklicherweise schwang die Tür nach innen auf. Es machte Plumps und er hockte vor der Toilettenschüssel. So, endlich ... er musste jetzt wirklich ganz schnell sein Geschäftchen erledigen!

Das Brötchen schmeckte nicht, der Kaffee noch weniger und nach Reden war Ati schon gar nicht zumute.

„Mein liebes Kind", schnarrte Karlotta und startete einen Versuch. Sie erntete aber lediglich ein widerwilliges Schnaufen. „In diesem Haus werden keine Geister geduldet", setzte die Schmiedemeisterin ungeachtet der Lustlosigkeit ihrer Tochter, an einem Gespräch teilzunehmen, hinzu. Oma Karlotta hatte einen Ausdruck im Gesicht, den Ati nur zu gut kannte: Kampfeslust.

Nach der fünften Tasse Kaffee brachte auch sie schließlich einen Satz zustande: „Du führst doch was im Schilde, Mama."

Ja, in der Tat.

Nachdem gestern Abend auf unerklärliche Weise auch noch die Toilettenspülung im ersten Stock zu hören gewesen war, hatte sich die Nacht für Ati erledigt. Und außerdem war die Wollmütze wieder weg gewesen. Das war eindeutig zu viel für die Frau! Bei anspruchsvollen Regisseuren und allen anderen Nervensägen, die so am Filmset herumliefen, konnte Beate von Möhrendorf richtig cool bleiben, aber ein Poltergeist in der eigenen Wohnung? Da half selbst keine Karlotta Editha Maria von Möhrendorf, bewaffnet mit einem Besen, die ins Badezimmer stürmte.

Natürlich wurden die Kinder davon wach. Ein leises Tapsen nackter Füße aus Steves Zimmer verriet ihnen, dass der kleine Junge aufgewacht war. Ati öffnete die Tür und ging auf ihren Sohn zu. Er wanderte zwischen Bettchen und Zimmertür herum. Sie hob ihn hoch, er weinte leise. Beate schaukelte ihn sanft in ihren Armen, summte ein Lied und ging mit ihm im Zimmer auf und ab.

Währenddessen war Oma Karlotta zu Maya ins Zimmer gegangen, um auch dort nach dem Rechten zu sehen. Ihre Enkelin schaute recht spitzbübisch aus, wie sie ihre Großmutter so anlächelte, das fiel Karlotta sofort auf. Nach kurzer Zeit kam auch Ati herbei. Oma Karlotta kramte derweil im Flur herum, vielleicht um irgendeinen Hinweis auf einen Geist zu finden?

Unter blonden, verwuschelten Locken blitzten Ati zwei blaue Augen an. Maya saß aufrecht am Kopfkissen angelehnt im Bett. „Du musst doch keine Angst haben, Mama." Die Kleine hob ihre beiden Arme, ließ sie wieder auf die Zudecke fallen und ergriff die Hand ihrer Mutter, die am Bettrand hockte.

Ati nahm ihre Tochter in den Arm und drückte sie. Sie war so gerührt, dass ihr unwillkürlich Tränen in die Augen schossen. „Solange wir alle zusammen sind, habe ich keine Angst, Süße." Sie küsste Maya auf den Kopf. „So, jetzt wird aber weitergeschlafen. Wo ist denn deine kleine Spieluhr?"

Na, wo war wohl Mayas kleine Spieluhr?

Seit Kurzem bevölkerte eine neue Tierart den Möhrendorfer Hof. Gänse.

„Originell, originell", hatte Opa Jörg seine Frau gelobt.

Die rieb sich die Hände. Gänse waren ausgezeichnete Wächter. Sie liefen hoch erhobenen Hauptes über Stock und Stein, beäugten alles und jeden, schnatterten ohne Unterlass und gingen besonders den geräuschempfindlichen Pferden damit so richtig auf die Nerven.

„Was denkt sich die Menschenoma eigentlich?", schnaubte Stormson empört seinem Freund Skelmir zu, der gerade dabei war, ihm das Fell an der Kruppe zu kraulen. „Glaubt die ernsthaft, dass sie so den schrulligen Ringelsockendieb zu fassen kriegt?"

Aufregungen dieser Art würzten zurzeit das Leben aller auf dem Möhrendorfer Gutshof lebenden Tiere.

So rauschte die Gänseschar aufgeregt von einer Ecke des Hofes zur anderen. Lily, die graue Katze, rettete sich mehr als einmal die alte Eiche hinauf und selbst die Feriengäste mussten sich in Acht nehmen. Wenn einer Gans die Nase eines Neuankömmlings nicht passte, wurde dieser attackiert! Ob das auf die Dauer gut gehen würde? Und was würde passieren, wenn der neue Blindenhund für Opa Jörg auf dem Möhrendorfer Gut ankam?

Die Gänse jedenfalls sorgten auch dafür, dass Ebu Gogu von Martin, dem Obergänserich, gezwickt wurde, als er aus dem Flur des Hauses herausgelaufen kam. Er stolperte über den Fußabtreter an der Steintreppe zum Hauseingang und flog einer dicken weißen Gans direkt vor den Schnabel.

„Moin", grummelte er und schob sich seine verrutschte rote Zipfelmütze zurecht.

Der Gänserich aber sah sich ob seiner Aufgabe als Wächter dazu veranlasst, sofort nach ihm zu schnappen.

„Autsch!", schrie Ebu empört. „Bist du bescheuert?" Wie konnte es der Gänserich wagen, einen hohen Waldbeamten anzugreifen? „Dumme Gans", blaffte der Zwerg.

Diese Beleidigung nahm der weiße Vogel ihm wohl mächtig krumm. Was dazu führte, dass der hohe Waldbeamte letztlich doch, so schnell er konnte, in Richtung Mühlenbach davonstürmte. Nur knapp entkam er Martins Schnabel.

40

31. Oktober 1895

In genau acht Tagen wird der deutsche Physiker Wilhelm Conrad Röntgen mit einer unfassbar tollen Entdeckung die gesamte Medizinwelt umkrempeln. Die Röntgenstrahlen werden entdeckt werden!

Die Welt ist einem Wandel unterzogen, in Deutschland regiert Kaiser Wilhelm der Zweite und wirft mit seinem Führungsstil einen viktorianischen Schatten über das Land. Ist seine Frau doch eine Tochter der berühmten englischen Königin Viktoria.

Es ist auch das Jahr, in dem ein Mann am 25. Mai zu zwei Jahren Zuchthaus verurteilt wird, weil er Opfer einer fatalen Angst wird. Homophobie*. Oscar Wilde*, der berühmte Schriftsteller, ist seiner Zeit einfach voraus. Die Regenbogengeneration soll er niemals kennenlernen.

Und die Anderswelt der Frau Holda? Klar, die gibt es zu dieser Zeit natürlich auch schon. Und weil eben an diesem Donnerstag Halloween ist, muss der dicke, aber wachsame Drache Heimdahl besonders Acht geben auf der flammenden Brücke.

Es ist ein mystisches Geheimnis, dass das Reich der Toten, also Rikur Dead, die Anderswelt und unsere Menschenwelt an diesem besonderen Tag enger miteinander verwoben sind. Die Grenzen sind fließender. Da ist schon der eine oder andere Geist einfach aus Rikur Dead abgedampft und hat so manchen Menschen erschreckt.

Damit die Grenzen eingehalten werden, versammeln sich die Druidinnen und Druiden der alten Zeit jedes Jahr aufs Neue im Reich der großen Zauberin unter dem Regenbogen. Sie halten dort ein urururaltes Ritual, untermalt von heiligem, aber unglaublich monotonem Singsang, ab. Jeder Mensch würde bei diesem langweiligen Gebrumme sofort einschlafen, aber die Druidinnen und Druiden natürlich nicht. Wenn man sie genau beobachtet, sind sie richtig konzentriert. Da, jetzt rührt einer mit einem großen Kochlöffel im Pott über dem knisternden Feuer. Ein anderer wirft große Büschel Kräuter in den Topf. Das Gebräu riecht stark nach Weihrauch und weißem Salbei. Der Rauch, der jetzt entsteht, wird immer dichter, steigt immer höher.

Bis zur Regenbogenbrücke vor die Tore Rikur Deads, wo unser pflichtbewusster Drache wacht.

„Himmel, bei allen Göttern", stöhnt Heimdahl und beginnt, heftig zu niesen. Drachen haben eine genetisch verankerte Weihrauchallergie. „Jedes Jahr derselbe Zirkus", schimpft er vor sich hin. Er hat dieses Mal leider sein Taschentuch in der Drachenhöhle vergessen.

Einige Meter hinter Heimdahl erscheint ein Dschinn. Warum ist der denn jetzt schon da? Hat er sich in der Zeit vertan?

„Salam Aleikum, großer Drache", grüßt der Soldat der unvergleichlichen Einheit des Abu al Azila schmeichelnd und lächelt mit zusammengekniffenen Augen. „Wollt Ihr Euch nicht Euer Taschentuch holen?"

Das will Heimdahl aber so was von!

„Nun, dann fliegt doch kurz rüber in Eure Höhle. Ich wache hier so lange", schlägt der listige Dschinn hinterhältig vor.

Erleichtert springt der große Drache sogleich von der schwankenden flammenden Brücke und fliegt mit triefender Nase mal eben zu seiner Höhle.

Übrigens, in diesem Jahrhundert können die Menschen noch gar nicht so richtig fliegen. Erst am 19. Oktober 1895, also ungefähr zwei Wochen vorher, hat sich Otto Lilienthal* mit dem ersten Doppeldecker der Welt in die Lüfte getraut. Nicht so arg lange, aber immerhin.

„Drachen sind so einfach gestrickt", lacht der Dschinn und schaut unserem Drachenfreund zu, wie er im Flug zwischen Bergen und Tälern immer kleiner wird.

Der Soldat Nummer 63 hat für ein paar Minuten freie Bahn und bewegt sich zielsicher auf das Reich der Toten zu. Ist ja keiner da, der ihn aufhalten wird. Hat er denn gar keine Angst?

Je näher er den dunklen Toren Rikur Deads kommt, desto heißer scheinen die Flammen des Regenbogens zu brennen. Drachen und doppelköpfigen Zerberushunden* macht die Hitze nun wirklich nichts aus.

Aber ihm, dem Dschinn der unvergleichlichen Einheit des Abu al Azila, schon. Stehen bleiben darf er jetzt nicht. Ganz kurz bekommt er ein schlechtes Gewissen. Seine verdammte Spielsucht hat ihm das hier eingebrockt. Tja, der Habgier fallen eben nicht nur Menschen anheim ...

Sein Auftraggeber? Streng geheim. Aber der fordert jetzt

die Spielschuld ein, also ist der Dschinn gezwungen, diese Aufgabe zu erledigen.

Die Gesänge der Druiden und Druidinnen erreichen nun einen beachtenswerten Höhepunkt und hätten inzwischen wohl schon den stärksten Stier der Welt eingelullt.

Der Dschinn erreicht den Nebel, der düster und feucht die Tore Rikur Deads umgibt. Er ist sich seiner Sache sehr sicher. In diesem Dunst erkennt er nur sehr verschwommen den Weg. Dann steht er auch schon vor dem Tor. Knarzend öffnen sich zwei schwere, riesige Flügeltüren. Kaum ist der Durchlass frei, schlüpft er auch schon hindurch. Der Dschinn hat nicht lange Zeit, denn das schwerfällige Tor wird sich wieder schließen. Woher hat er nur diese Zielstrebigkeit? Vielleicht fürchtet er seinen Auftraggeber mehr als das Reich der Toten.

Schon spürt er Frequenzen, die ihm sehr fremd sind. Hier beginnt es jetzt also, das Reich der Verstorbenen. Er betastet seinen Bauch und der fühlt sich sehr lebendig an. Eigentlich sollte er gar nicht hier sein.

„Du musst ihn bei seinem Namen rufen, ich will seine Seele besitzen. Und du musst das Losungswort sprechen", hat ihm sein streng geheimer Auftraggeber, der dunkle Reiter, eingeschärft, „wenn Vörður Dauður dich fragt." Schließlich hat er noch hinzugefügt: „Und hast du die Seele gefunden, die ich haben will, lockst du sie in das Waldstück nahe Woida Domos unterhalb des Regenbogens."

Sein Auftraggeber scheint sich mit Toten und Seelen gut auszukennen.

„Ob der selbst schon hier war?", fragt sich der Dschinn.

Für einen Moment verharrt Nummer 63 in seinen Gedanken. Zeit spielt hier keine Rolle mehr. Eine total andere Dimension. Während er weitergeht, verdichtet sich der dunkle, feuchte Nebel. Sind diese Schwaden nur eine Illusion? Da spürt er einen kalten Luftzug unter den Schuppenpanzer seines Armes kriechen.

Plötzlich steht jemand vor ihm, so schlicht gekleidet wie

ein Mönch. Unheimlich, er kann diesem Wesen nicht in die Augen sehen.

„Okay, das Losungswort", denkt Nummer 63 und verbirgt sein Unbehagen geschickt.

„Lykilorð*", fordert der Mönchstyp mit einer Stimme, die einem das Blut in den Adern gefrieren lässt.

„Ferjumaðurinn*", antwortet der Dschinn in soldatischer Manier.

Der Wächter der Toten tritt zwei Schritte zurück und wird wieder vom dunklen, feuchten Nebel verschluckt. Das ist dem Dschinn jetzt doch nicht mehr so ganz geheuer. Nummer 63 bewegt sich weiter, tastet sich durch den Nebel voran. Den Weg kann er mittlerweile gar nicht mehr erkennen.

„Ephraim Gustavson Pfefferminznus!", ruft er ziemlich laut. Ein paarmal muss er den Namen nennen, bis ihn seltsame Tonfrequenzen erreichen, die sich wie ein Pfeifen im Innenohr anfühlen. „Oh nee!", zischt er ärgerlich. „Jetzt hol ich mir hier auch noch einen Tinnitus!" Unangenehm berührt von dieser sehr fremden Welt geht er weiter.

Wird er beobachtet?

Unvermittelt bleibt er stehen.

Ein Schatten bewegt sich auf ihn zu. Er scheint den Boden gar nicht zu berühren. Die hohen Tonfrequenzen werden deutlicher. Versucht dieses geisterhafte Wesen etwa, mit ihm in Kontakt zu treten?

„Bist du das, Ephraim Gustavson Pfefferminznus?"

Das Piepsen in seinem Ohr wird unerträglich. Zwei lange Hasenohren wabern schemenhaft hin und her.

„Antworte! Bist du der Pfefferminznus?"

Die Hasenseele will dem Dschinn etwas mitteilen, doch kann er es an diesem Ort nicht verstehen. Er sieht plötzlich ein weit entferntes Licht, das durch den Nebel dringt. Auf einmal wird ihm ganz leicht zumute, als würde alles von ihm abfallen. Wie gerne würde er zu dem Licht hingehen ...

„Oh nein!", ermahnt er sich selbst. Dann ruft er der Hasenseele zu: „Komm mit mir, ich kann dich in eine andere Welt bringen. Zu deinem einzigen Verwandten. Deinem Neffen", verspricht Nummer 63 beschwörend.

Da, wo Lebende ihr Herz haben, entsteht bei dem Schatten ein warmes rosafarbenes Licht. Die Antwort ist ein quietschendes Pfeifen.

„Mit ... komme ...", knistert es zwischen den pfeifenden Geräuschen. Zischende Laute versuchen sich zu artikulieren, aber es gelingt ihnen nicht. Mit Toten sprechen, das können wirklich nur dafür ausersehene Menschen oder eben hohe Geistwesen, die den heiligen Raum öffnen können. Nummer 63 jedenfalls kann es nun wahrlich nicht!

Die Kommunikation schleppt sich dahin. Und wie kann es anders sein, der Dschinn verliert sein Zeitgefühl. Wie lange ist er schon an diesem Ort? Verflixt, er muss zusehen, dass er wieder hier rauskommt, und zwar mit der Seele des Ephraim Gustavson Pfefferminznus.

„Pass auf! Folge mir!", fordert er den Toten auf.

Das tut der Geisterhase tatsächlich. Aber wohin?

Eben war da noch ein schwaches Licht. Wo ist es jetzt? Ist das Tor überhaupt noch offen?

Nummer 63 geht ein bisschen zackiger, fast rennt er. Schweiß rinnt dem Soldaten den Rücken hinunter. Der Dschinn irrt orientierungslos umher. Sie sind im Kreis gegangen beziehungsweise gewabert.

Täuscht er sich? Es scheint, als gewinne die geisterhafte Erscheinung von Onkel Pfefferminznus an Kontur, denn er schwebt auf Nummer 63 zu und winkt aufgeregt. Will er etwa dem Dschinn den Weg zeigen?

„Soll ich dir folgen?", fragt ihn dieser unsicher. Das soll er, und zwar schnell, denn das Tor beginnt sich zu schließen. Jetzt kann der Soldat das Knarzen wahrnehmen. Uff, sie sind also auf dem richtigen Weg.

„Beim Barte des Propheten!", ruft der Dschinn glücklich aus.

Der Geisterhase und der Soldat erreichen das Tor. Gerade noch rechtzeitig. Vorsichtig schlüpfen sie durch den nur noch schmalen Spalt zurück in die Anderswelt. Der Dschinn hat es bis eben gar nicht bemerkt, aber seine Knie sind weich wie Butter.

Als sie das kleine, versteckte Waldstück unter dem Regenbogen erreichen, können ihn beide schon sehen. Der unheimliche Auftraggeber ist ein herrischer Typ und hebt arrogant seinen Kopf, den er unter einer riesigen Kapuze verbirgt. Aus den Nüstern seines pechschwarzen Pferdes dampft es feurig. Ungeduldig tänzelt es unter seinem Reiter und schlägt mit dem linken Huf ... oder ist das etwa der Fuß des Reiters? Dessen Umhang verhüllt fast seinen gesamten Körper und fällt dunkel und schwer auf das Hinterteil des Tieres.

Dem Dschinn wird, obwohl er ein Streiter der unvergleichlichen Einheit des Abu al Azila ist, ganz flau in der Magengegend. Dieser Reiter ist mehr als unheimlich und er will ihn nicht zum Feind haben.

Das Geistwesen glaubt, seinen Neffen winken zu sehen, und will zu ihm, bewegt sich an dem Dschinn vorbei. Aber wie enttäuschend ... gerade als er ihn freudig in seine Arme nehmen will, verschwindet Herr Pfefferminzky plötzlich. Der Unheimliche hat den Onkel mit einem Hologramm hereingelegt. Ein höhnisches Gelächter erschallt und mit einem endgültigen Klacken schließt sich eine silberne Käfigtür.

Das strengste aller Gesetze wurde verletzt. Eine Seele wurde aus dem Reich der Toten geführt. Von einem lebenden Wesen, das dort unerlaubt eingedrungen ist.

Und der schwarze Reiter, der diese Seele nun in einen silbernen Vogelkäfig gesperrt hat, führt höchstwahrscheinlich auch nichts Gutes im Schilde. Er prescht lachend mit seiner Beute gen Himmel in Richtung Norden und zieht die Nacht hinter sich her wie einen dunkelblauen Vorhang.

Armer, verwirrter Onkel Pfefferminznus!

Der Dschinn steht wie versteinert unter dem Regenbogen,

er glaubt, den Geisterhasen weinen zu hören ... verdammte Spielsucht!

Was an diesem Tag, am 31. Oktober 1895, über dem Regenbogen geschehen ist, wird Folgen haben, die unser dicker und ansonsten pflichtbewusster Drache nicht annähernd ahnt, als er seinen Posten wieder einnimmt. Kurz wundert er sich, wo denn der Dschinn wohl ist. Schließlich versprach er, so lange Wache zu schieben, bis Heimdahl zurückkäme.

Nun, besser, wenn er dieses Vorkommnis für sich behält! Er hätte niemals seinen Posten verlassen dürfen, schon gar nicht an diesem besonderen Tag.

Mit aller Kraft schnäuzt sich der Drache in sein rot kariertes Stofftaschentuch. Ach, dieser Weihrauch!

Ein neues Familienmitglied

20. November 2014

Um neun Uhr morgens klingelte das Telefon in der Diele und Jörg von Möhrendorf angelte nach dem Hörer.

„Guten Tag", quäkte eine Stimme durch die Leitung, „hier spricht das Trainingszentrum für Begleithunde ..." Weiter kam der Mann am anderen Ende nicht, denn Jörg zog versehentlich das Telefon aus der Buchse.

„Verflixte Hacke!" Der blinde Tischler fuhr gerade genervt mit seiner linken Handfläche an der Wand entlang, als Charly um die Ecke kam. Auch das noch!

„Kann ich dir helfen?", bot sie an.

„Das Kabel ist aus der Telefonbuchse gerissen."

„Lass das mal die gute Charly machen", trällerte diese Jörg aufmunternd zu. Aus unerfindlichen Gründen war Charly heute gut drauf. Ob sie mit Ruth telefoniert hatte? Sie war wirklich schwer beeindruckt von der hübschen österreichischen Frau. „Mensch, Hilde, die macht Profiboxen, alter Schwede", hatte Charly ihrer besten Freundin berichtet.

„Na, dann pass mal gut auf dich auf", hatte Erkenhilde das Gehörte kommentiert.

„Sehr witzig." Die junge Bikerin war mit ihren Gedanken wirklich ganz woanders.

Zurück zu Opa Jörg. Um den aufwallenden Verdruss zu unterdrücken, atmete Jörg von Möhrendorf tief ein.

Mit Elan zupfte die junge Frau am Telefonkabel. „Es hat sich verheddert." Charly besah sich fachmännisch den Kabelsalat. Die Motorradfahrerin hatte viel Kraft in ihren Armen ...

„Nicht so fest ziehen, die Buchse ist etwas lose", wollte Opa

Jörg sie noch darauf hinweisen, als besagte Buchse wie auf Abruf auch schon durch den Flur flog.

„Oh!" Charly zog eine Schnute. „Na, Jörg, du hättest gleich jemanden rufen sollen", verteidigte sich Charly unflätig.

Jörg schlug sich die Hand vor die Stirn.

„Ich hole mal eben Hilde."

„Das mach mal", dachte Opa Jörg resigniert.

Die kleinen Verdrießlichkeiten des Alltags ereilten auch den blinden Mann so ab und zu. Je nachdem, in welcher Stimmung Jörg von Möhrendorf sich befand, konnte er mit den Situationen mal mehr, mal weniger lebensbejahend umgehen. Seine Frau hatte ihm kurz nach Allerheiligen irgend so einen Unsinn von Heimsuchungen und Poltergeistern erzählt. So ein Quatsch aber auch!

An diese Geschichte erinnerte er sich gerade. Karlotta hatte mit ihrer Freundin Ida Sundstede telefoniert und mindestens zwei Stunden lang von hüpfenden Büchern, Zaubersprüchen, die in der Offenbacher Schrift geschrieben sein sollten, und nächtlichen Toilettengängen erzählt, bei denen wohl ein Gespenst die Spülung betätigt hatte. Ach Gott, ein Irrenhaus!

Na, jedenfalls als Karlotta anrief, hatte Ida gerade Besuch. Und wie es der Zufall wollte, war eine langjährige Freundin aus den USA gerade bei Ida, ebenfalls Schmiedemeisterin, zu Gast in Ostfriesland. Und was war wohl so besonders an diesem Besuch? Ja, die Frau war ein MEDIUM*! Jemand, der mit Geistern in Kontakt treten konnte!

Das kam gerade recht. Eigentlich stand Oma Karlotta ja nun wirklich mit beiden Beinen fest im Leben. Jörg kannte niemanden, der bodenständiger war als seine Ehefrau.

Diese Freundin von Ida war deshalb nach Oldenburg gekommen, weil die Schmiedemeisterin 50 lange Jahre gewerkelt hatte und nun von einem ausgeprägten „Schmiedearm" geplagt wurde. Der ganze rechte Arm wollte sich nicht mehr richtig nach unten bewegen lassen, wie sich das für einen Arm gehörte. Da war also die Freundin aus den Staaten zu ihr gereist, um nach Ida zu sehen. Mit einem Flugzeug natürlich. Auch ein Medium musste herkömmliche Transportmittel benutzen ... selbst ein amerikanisches.

Die Freundin hatte ohnehin nach Europa zu einem Kongress für paranormal begabte Menschen gewollt. Der sollte in Transsylvanien in den Karpaten stattfinden.

Tja, und so kam es also dazu, dass sich Mrs Overback from Texas in die möhrendorfsche Gespensterproblematik einmischte. Ganz nach amerikanischer Art, sozusagen. Vor allen Dingen so gänzlich ungefragt!

Mit gesträubten Nackenhaaren fiel Jörg die ganze Geschichte wieder ein. War ja auch vor Kurzem erst passiert, letzte Woche am Mittwoch.

Karlotta war vormittags mit dem Beschlagen einiger Pferde beschäftigt und passte die Hufeisen an. Erkenhilde und Judith, die treue Seele, misteten die Ställe aus und Charly frönte dem Liebeskummer, weil ihre Liebste im ach so fernen Österreich lebte.

Und die liebe Ati? Die hatte sich zwei Tage freigenommen, um mit den Kindern und Opa Jörg etwas Schönes zu unternehmen. Sie wollten gerade nach Soltau in die Therme fahren, als eine große schwarze Limousine elegant auf den Hof rollte. Die mit Handtüchern und Badeutensilien befüllte Tasche in der rechten Hand haltend, drehte sich Ati in Richtung des fremden Wagens. Sie neigte den Kopf nach vorne.

„Wer ist das denn?", dachte sie neugierig. Kamen die Schauspielerinnen, die Ati mit leckerem Catering bewirtete, jetzt schon zu ihr auf den Hof?

Nein, nein, es war weitaus schlimmer. Viel schlimmer!

Das auffallende Fahrzeug war kurz vor dem Treppenaufgang am Haupthaus zum Stehen gekommen. Die Fahrertür öffnete sich, gerade als Erkenhilde am Stalltor erschien. Fragend nickte sie in Atis Richtung, als sich ein adrett gekleideter Mann mit Schirmmütze vom Fahrersitz schälte. Er richtete sich auf, zupfte kurz an seinem grauen Jackett und ging galant um das

Heck des Lincoln herum. Mit weißen Handschuhen drückte er sanft den Griff der hinteren Autotür herunter.

„Oh, haben Sie Dank very much, Darling", ertönte eine heisere amerikanische Frauenstimme aus dem Inneren des Wagens.

„Um Himmels willen, wer ist das denn?", hörte sich Ati flüstern. Sie stellte die blaue Sporttasche ab, gab Jörg und den Kindern, die schon im Wagen saßen, kurz Bescheid und düste schnell zu ihrer Mutter in die Schmiede.

„Mama!" Ati fegte wie ein Herbstwind zu Karlotta hinein, die kurz aufsah. „Hast du Prominenz eingeladen?"

„Aber, Kind, nein. Wie kommst du denn darauf?"

„Na, dann schau doch mal auf den Hof!"

Die Schmiedemeisterin klopfte sich die lederne Schürze sauber und bewegte sich hinter der Esse hervor. Die Hände in die Hüften gestemmt, verharrte Oma Karlotta im Türrahmen.

„Guten Tag!", rief sie dem Chauffeur zu. Das war doch ein Chauffeur, oder?

„Guten Tag, die gnädige Frau möchte sich vorstellen", erwiderte der Mann manierlich.

„Oh my god. Is dies Mrs Mohrendoof?", schnarrte jemand mit amerikanischem Akzent im Auto.

Mit großen Augen starrte Mayas Oma auf die schwarze Karosse. Jetzt ging sie langsam auf das Auto zu und blieb in schicklicher Entfernung stehen. „Karlotta Editha Maria von Möhrendorf. Mit wem habe ich das Vergnügen?"

Die Dame, die von ihrem Chauffeur lebenswichtige Hilfe beim Aussteigen aus dem Auto erhielt, setzte ihre gestiefelten Füßchen vorsichtig auf das Kopfsteinpflaster. „Oh, horses. Es riecht nach Cowboy", knatterte sie erhaben.

Wer war das denn bloß? Die Ferienhofbetreiberin rieb sich nachdenklich das Gesicht, danach hatte sie lange schwarze Streifen auf beiden Wangen.

„And Indianer", sprach die fremde Frau gedämpft, aber arrogant zu ihrem Chauffeur, der sich verstohlen amüsiert räus-

perte. Dann erblickte sie einige der Pferde. „Uhhh, wir haben in Texas auch horses. Beautiful horses. But: viel bigger! Diese here scheinen so klein."

Jetzt wurde Erkenhilde aber langsam grantig. Das schien selbst Stormson verstanden zu haben, denn die Islandpferde kamen erstaunt ans Gatter und beäugten die Szenerie aufmerksam. Mit der Gänseschar, die neuerdings den Möhrendorfer Hof bevölkerte, war die Tierwelt bereits geschlagen ... aber diese Frau erschien den feinfühligen Islandpferden schon fast wie zwei Gänsescharen auf einmal.

„Oh, I muss myself vorstellen, Darling!" So, musste sie das? „Isch bin Elvira Overback. Ida send me zu Rodmill Forest, Darling."

Das Darling, in diesem Fall Oma Karlotta, blickte konsterniert in die Runde.

Nach vielen weiteren „Darlings" und einigem mehr oder weniger höflichen Geplänkel erkannte Oma Karlotta, wen sie da vor sich hatte: Es war die Freundin von Ida Sundstede, die das möhrendorfsche Anwesen mal auf Gespenster inspizieren wollte.

„Und Sie können wirklich mit Geistern kommunizieren?", fragte Erkenhilde aufrichtig interessiert und tippte mit dem rechten Zeigefinger nachdenklich an ihr Kinn.

Elvira Overback antwortete: „Yes, I can." Die zierliche, kleine Frau mit der riesigen Sonnenbrille nahm im Blauen Salon ausgerechnet in Opa Jörgs großem Sessel Platz und lächelte. „My Augen are so sensitiv", erklärte das Medium empfindsam, schaute über den Rand der dunklen Brille, um sicherzugehen, dass auch alle sie gehört hatten.

Es wurde verständnisvoll genickt. Opa Jörg hatte sich mit den Kindern hinter seine Stieftochter gestellt.

„Mama", fragte Maya ängstlich, „sieht die Frau auch Zauberhasen?" Ati sah ihre Tochter fragend an.

„Zauberhasen", quäkte Steve und lachte seine Schwester an.

„Ihr beide seid auch so Zauberhasen." Ati hielt Steve an der Hand.

„Nein", trotzte das Mädchen, „nur Hasen können Zauberhasen sein."

„Ich bin ein Hase", krakeelte Mayas kleiner Bruder.

Maya beschloss instinktiv, diese Frau, die sich einfach, ohne zu fragen, in den Sessel ihres lieben Opas Jörg gesetzt hatte, nicht zu mögen.

Oma Karlotta und Ati erzählten nun noch einmal alles haarklein, was sie vor einigen Tagen in Atis Wohnung im ersten Stock erlebt hatten. Wegen des Sprachunterschiedes musste vieles dreimal wiederholt werden, damit das überaus sensible Medium es auch wirklich verstanden hatte. War ja wichtig!

Während berichtet wurde, gab die Geisterflüsterin Laute von sich wie „Oh yeah", „Oh Lord" oder „Oh my god."

Dann folgte allgemeines Schweigen.

Die Lady im Sessel nahm ihre Sonnenbrille ab, damit man erkennen konnte, dass sie ihre Lider theatralisch geschlossen hatte. Plink! Mit einem Mal riss sie die Augen vielsagend auf und eröffnete ihre Analyse. „I see", rief die kleine Frau ernsthaft, „a Poltergeist is in the house!" Die Familie samt Freundinnen war erschüttert. Opa Jörg schüttelte entgeistert seinen Kopf. So ein ausgemachter Blödsinn!

Maya zog ihren Opa am Ärmel und er beugte sich zu ihr herunter. „Haben alle amerikanischen Frauen rosa Haare, Opa?"

Jörg musste grinsen. Er war so ein süßer Opa. „Nur die ganz doofen", flüsterte er Maya zu.

Verschwörerisch hakte sich seine Enkeltochter bei ihm ein und sah Mrs Overback unfreundlich an.

Die Frau mit den aufgeplusterten rosa Locken hatte eine riesige Tasche mitgebracht, die der Chauffeur hinter ihr her schleppte. Unter anderem beherbergte diese einen Fotoapparat.

„Dies ist ein spezielles Gerät, kann man pictures von die Aura* machen."

„Na ja", bemerkte Ati kritisch, „das Ding sieht aus wie aus dem letzten Jahrtausend." Und sie schürzte die Lippen.

„Isch must everything, wie sagt man in deutsche Land ... hihi ... knipsen!"

Gewichtige Worte. Das bedeutete, dass diese Amerikanerin durch das ganze Gutshaus plus Ställe, Schmiede und Tischlerei wackeln würde, um durch sonnenbebrillte Augen mit dem alten Apparat Fotos zu machen.

„Darling", damit richtete sie sich diesmal an Ati, „we can begin mit die Geistersuche."

Wie begeistert Darling doch war! Mrs Overback wollte also das volle Mediumprogramm abziehen.

Ja, so war das gewesen. Opa Jörg setzte sich in der Küche auf einen Holzstuhl. Da hatte eben also das Trainingszentrum für Blindenführhunde angerufen. Er kramte das Handy aus der Innentasche seiner Steppweste, fuhr mit den sensiblen Fingerspitzen über die mit Brailleschrift bedruckten Tasten und wählte die Telefonnummer. Herzklopfen hatte er, denn er freute sich auf einen neuen Hundefreund. Seit Morty nicht mehr an seiner Seite war, fehlte ihm eindeutig etwas. Wie unersetzlich Tiere sein konnten ...

Das war ein Affenzirkus gewesen, als Jörg von Möhrendorf vor einigen Monaten den Antrag zur Genehmigung eines Blindenhundes an die Krankenkasse gestellt hatte. Man hatte voller Zuversicht auf die Antwort gewartet, und jetzt das! Die hatten den Antrag auf einen Blindenführhund doch glattweg abgelehnt! Seine Ehefrau war so wütend geworden, dass sogar die Adern an ihren Schläfen hervortraten.

Dieser November hatte es in sich. Wie konnte die Krankenkasse nur so ignorant sein?! Warum wussten diese Menschen nicht, wie viel Freiheit ein guter Führhund einem blinden Menschen geben konnte? Oder wollten die Bürotanten und -onkel das gar nicht wissen? War Blindheit mit Unsichtbarkeit gleichgestellt? Natürlich konfrontierte es einen mit der eigenen Hilflosigkeit, wenn man auf eine Person traf, die ganz offensichtlich in einer körperlichen Funktion eingeschränkt war. So was war sehr menschlich, aber dass es sich gleich in so wenig Mitgefühl ausdrücken musste, stellte für die Betroffenen ein zusätzliches Leid dar.

Oder ging es gar ums Geld? Die gesamte Ausbildung eines Blindenhundes kostete schließlich ungefähr 24.000 Euro.

„Die Krankenkassen haben genug Geld erwirtschaftet", wetterte Oma Karlotta bei jeder sich ihr bietenden Gelegenheit. Und sie fügte hinzu, wie viel Geld man im Gegenzug für den Kauf von Waffen und anderen Unsinnigkeiten ausgab. Der Kampf zwischen Gut und Böse, Recht und Unrecht musste immer wieder neu ausgefochten werden. So war das Leben in der Dimension der Menschen.

Es hatte recht lange gedauert, bis der erste Antrag bearbeitet worden war, um dann in eine Ablehnung zu münden. Ganz nebenbei bemerkt würde es noch mal so lange dauern, bis der schriftliche Widerspruch bearbeitet wurde, und so weiter ... wenn da nicht Frau Holda gewesen wäre!

Jaaa, stellt euch mal vor!

Denn Maya hörte eines Tages, nachdem sie mit Herrn Pfefferminzky das morgendliche Hasengeschäftchen auf dem Klo erledigt hatte, ihren lieben Opa Jörg ziemlich laut weinen. Oh Gott, was war denn los mit ihm? Das Kind blieb an der angelehnten Tür des Blauen Salons stehen. Opa Jörg war ganz verzweifelt und redete wohl mit sich selbst. Ihr unsichtbarer Hasenfreund stand neben ihr. Tief betroffen blickten die beiden einander an.

„Warum weint dein Opa?", fragte der Zauberhase.

„Er bekommt seinen Blindenhund nicht", entgegnete Maya.

Schließlich gingen sie und Herr Pfefferminzky langsam aus dem Haus, überquerten den Hof und wanderten zum Paddock. Dort standen wie immer ein paar Islandpferde. Zum Glück wurde die Gänseschar zeitweise hinter einem Drahtzaun gebändigt. Allein schon wegen der Reitgäste ... Der schwarze Wallach Nökvi trabte gemächlich auf das kleine blonde Mädchen und Herrn Pfefferminzky zu. Aus seinen schönen braunen Augen schaute er offen und freundlich in das Gesicht Mayas.

„Das Kind sieht aber traurig aus, verrückter, kleiner Hase", raunte Nökvi diesem zu.

„Wegen Opa Jörg", erklärte ihm Herr Pfefferminzky.

Wie man weiß, sind Pferde sehr mitfühlende Wesen. Der schwarze Wallach neigte seinen großen Kopf zu Maya und berührte sanft ihr Händchen.

„Er bekommt seinen Blindenführhund nicht", fuhr der Zauberhase fort.

„Verweigern die Menschen einander wieder mal Gutes?" Nökvi schlug mit dem linken Huf ans Gatter. „Weiß die Königin des Waldes davon?" Er schnaubte belustigt, weil Maya ihn an der Lippe gekitzelt hatte. „Hilf deiner lieben Freundin und geh mit ihr zur hohen Frau, Hase", forderte Nökvi den Regenbogen-Yeti von Rutenmühle auf.

„Frau Holda ist nicht gut auf mich zu sprechen, glaub ich." Herr Pfefferminzky zupfte verlegen an seinem überlangen Fell herum, es juckte an allen möglichen Ecken und Enden.

„Tja, verrückter, kleiner Hase, es geht ja auch nicht um dich!" Konsterniert schaute das Pferd dem anderen Tier in die Augen. „Du musst eben einmal über deinen Schatten springen." Abrupt hob Nökvi seinen Kopf, sodass Maya einen Schritt zurückwich. Belehrend sah er Herrn Pfefferminzky an. „Hilf ihr! Sie hilft dir auch", ermahnte ihn das Pferd streng.

Oh! Er sollte Maya wohl wirklich helfen, so viel war klar. Aber konnte er denn seiner ehemaligen Chefin so unter die Augen treten? Fragen über Fragen stürzten auf den kleinen, egozentrischen Zauberhasen ein. Aber all das änderte nichts daran, dass er eigentlich gar keine andere Wahl hatte. Maya hatte ihm nun wirklich schon so oft aus der Patsche geholfen!

Zum Beispiel neulich, als diese schreckliche Amerikanerin

im Gutshaus herumgeschnüffelt hatte. Auf Geistersuche wollte die gewesen sein!

Maya war an diesem Morgen, als Mrs Overback mit so einem komischen Apparillo jeden Winkel fotografierte, ganz aufgeregt zu ihm gekommen.

„Da ist ein Poltergeist im Haus", hatte das Mädchen in den alten Kleiderschrank hineingerufen.

Herr Pfefferminzky, der gerade sein morgendliches Putzritual abgehalten hatte, war zutiefst erschrocken.

„Wenn die Geister sehen kann, dann kann die auch dich sehen!" Wie logisch Mayas Worte geklungen hatten! Es hatte also außer ihm noch einen ungebetenen Gast gegeben?

„So eine Frechheit!", hatte der Hase gedacht und höchst misstrauisch aus dem Schrank geäugt. Maya hatte ihn an seiner Pfote herausgezogen.

„Du musst aus dem Haus", hatte sie ihm in sein flauschiges Ohr geflüstert. Es hatte unwillig gewackelt.

„Muss eintreten", hatte Herr Pfefferminzky gejammert. Und austreten gemeint. Ja, diese Redewendung gut erzogener Menschen hatte ihm Maya beigebracht.

„Du kannst jetzt nicht aufs Klo", hatte das Kind nüchtern festgestellt.

Zu spät! Da kamen sie auch schon, die Ghostbusters. Oh je, sie hörten die schnarrende amerikanische Stimme, einen schimpfenden Opa Jörg im ersten Stockwerk und eine folgsame Darling-Ati.

„Oh Lord", entfuhr es dem feinfühligen Medium mit den empfindlichen Augen, das wohl schon mit vielen Geistern gesprochen hatte. „I fühle Vibrationen!" Mit unverhohlener Neugier besah sich Elvira Overback die Architektur des alten Gutshofes im obersten Stockwerk.

Karlotta schob sich an ihr vorbei, öffnete die schwere Dachbodentür und zog eine Schnute. „Beate, ich gehe vor", sagte sie und bedachte Ati mit einem spöttischen Blick.

Darling befühlte ihre roten Locken und richtete konzentriert ihre Haare. „Meine Freundinnen nehmen mich ernster als meine eigene Mutter", stichelte die Tochter der Schmiedemeisterin.

„Psst", zischte das Medium wichtig. Die Absätze seiner Schnürstiefel klapperten auf der Holztreppe. „James, die Kirlian, please!" Die Kirlian* war der altmodische Apparillo, mit dem die Dame angeblich Gespenster fotografieren konnte.

Erkenhilde, die seit dem Morgen die angespannte Stimmung zwischen Karlotta von Möhrendorf und Ati hatte ertragen müssen, fühlte sich von Charly im Stich gelassen. „Liebelei und Sehnsucht im Herzen", dachte sie säuerlich. „Das müsste man doch auch mal vorübergehend wegzaubern können ..."

Ja, mit Charly war derzeit echt nichts anzufangen. Für sie gab es im Moment nur zwei lebenswichtige Themen: Ruth und ihr Motorrad. Oh Mann, oh Mann! Um nicht dauerhaft dem Liebeswahn anheimzufallen, betrieb Charly Beschäftigungstherapie, indem sie zusätzlich in Thorstens Werkstatt an den Motorrädern herumschraubte.

Und so standen nun fünf erwachsene Menschen auf dem verstaubten Dachboden eines Gutshofes am Dorfrand von Neuenkirchen in Niedersachsen herum und waren dem Poltergeist auf der Spur.

Maya, die die Gesellschaft hatte kommen hören, hatte ihren Hasenfreund und sich selbst hinter der Kommode aus Holz versteckt, die Opa Jörg, der begabte blinde Tischler, einmal selbst gezimmert hatte.

„Muss eintreten", wiederholte Herr Pfefferminzky und seinem Gesichtsausdruck entnahm Maya, wie arg es um ihn stand. Die blonden Zöpfe wurden dennoch resolut verneinend geschüttelt. Nein, er musste sich ruhig verhalten, was er jedoch nicht tat.

Jeder kennt das: Wenn man ganz furchtbar dringend auf die Toilette rennen muss, dann kann man gar nicht ruhig sein!

Genau so erging es auch unserem zauberhaften Hasenfreund. Er wurde zappelig, begann ungeduldig herumzuhüpfen, von einer Hinterpfote auf die andere. Verzweifelt lugte Maya hinter der Truhe hervor. Sie sah direkt auf den Flaschenzug in der Aussparung der Tür, die sich nach außen öffnen ließ. Ihr Kleidchen war schon ganz staubig. Links von sich hatte das kluge Kind auf einem dreibeinigen Schemel an der Wand eine von unzähligen Motten zerfressene Wolldecke erspäht.

Genau in diesem Moment zwängte sich der Hase an Maya vorbei und zischte los, hoppelte wie vom Teufel angefeuert an den Menschen vorbei, die ihn ja glücklicherweise nicht sehen konnten. Wie ein geölter Blitz stürmte der Zauberhase mit dem zotteligen Regenbogenfell die Dachbodentreppe hinunter in Richtung Toilette.

„Die Olle hat mich gar nicht gesehen", dachte Herr Pfefferminzky. Dann musste er jedoch zu seinem Schrecken feststellen, dass die Wohnungstür im ersten Stockwerk verschlossen war. Da half nichts. So musste er eben aus dem Haus hinaus oder es hätte ein Malheur gegeben.

Aufgeregt erreichte er die Haustür. Oh, wie dringend er sein Geschäftchen erledigen musste!

Zum Glück war die Tür nur angelehnt. In seiner Not hopste er auf die Wiese, ohne zu ahnen, dass er zwar nicht von einem Poltergeist heimgesucht werden würde, dafür aber von einer sehr pflichtbewussten Wachgans beobachtet worden war ...

Ja, das war ein Ding gewesen ... Und daran erinnerte sich Herr Pfefferminzky gerade. Au weia, ihm tat sein Hintern jetzt noch weh, wenn er an die Begegnung mit diesem bissigen Gänserich dachte ...

Was hatte seine kleine treue Menschenfreundin nicht noch für einen Zirkus auf dem Dachboden veranstaltet, damit er nur ja nicht wahrgenommen werden würde! Später hatte sie ihm prustend vor Lachen erzählt, wie sie sich die Wolldecke geangelt und sie über Kopf und Körper geworfen hatte. Ganz plötzlich war es zu einem lauten Tumult auf dem Dachboden gekommen, als sie „Buuuhuuuhuu" schreiend hinter der Kommode hervorgestürzt und über die Holzplanken gesprungen war.

Ja, Mrs Overback war nach amerikanischer Art schauspielerisch gekonnt in Ohnmacht gefallen und dann mit dem Hinterteil ihrem Chauffeur auf die frisch polierten Schuhe gerutscht.

Und so war Maya als der Poltergeist vom Möhrendorfer Gutshof enttarnt worden.

Nökvi hatte ja so recht! Was hätte er bloß ohne Maya angefangen in der letzten Zeit? Und jetzt war sie traurig, weil ihr blinder Opa ihr so leidtat.

Der Wallach, der jetzt wieder im hinteren Teil des Paddocks stand, drehte seinen muskulösen Körper herum und bedachte Herrn Pfefferminzky mit einem intensiven Blick. Der Regenbogen-Yeti wog ab, ob er der Königin der Anderswelt unter die Augen treten konnte oder nicht.

„Was soll's?", dachte der Hase bei sich. So hoppelte er in einem Anfall von Dankbarkeit und Mitgefühl neben seine Freundin, legte seine Pfote auf ihre Hand und zog sie hinter sich her. „Wir gehen jetzt zu Frau Holda. Los, komm!"

Als unsere beiden ungleichen Freunde durch das nach Pfefferminz riechende Rosentor marschierten, wurde dem Zauberhasen mulmig zumute. Gegen diese Art des Unbehagens war leider kein Kräuterlein gewachsen. Zumindest kein gesundes.

„Nicht so fest drücken", sagte Maya, denn Herr Pfefferminzky hatte sich, ohne es zu bemerken, an der Hand seiner kleinen Menschenfreundin festgekrallt.

Kaum hatte Maya zu ihm gesprochen, kam auch schon eine hell leuchtende Gestalt auf Hase und Kind zugeschwebt. Ihr Licht war warm und alles, was es berührte, schien zu atmen. Das kleine Hasenherz schlug Herrn Pfefferminzky bis zum Hals.

„Maya, mein liebes Kind", begrüßte Frau Holda sie freudig,

„was führt dich zu mir?" Sie beäugte ihren ehemaligen Fackelträger aufmerksam. „Du bist nicht allein gekommen", stellte die Königin der Anderswelt fest.

„Das ist Herr Pfefferminzchen, mein Freund. Ein Zauberhase."

„Ah, Herr Pfefferminzchen", wiederholte die hohe Frau mit einem leicht verschmitzten Lächeln und sah dem zauberhaften Freund des Kindes direkt in die Augen. Dieser rückte ein Stück weiter hinter Mayas Rücken.

„Er hat gesagt, dass ich zu dir gehen soll."

„Das hat er wirklich?" Frau Holda schürzte die Lippen und schaute erstaunt drein.

Ihr Licht war so wohltuend. Maya wurde wie schon bei der ersten Begegnung richtig warm ums Herz. Und wie beim ersten Mal umflogen wunderschöne kleine, schillernde Elfen ihre Herrin, lachten und sangen tränenschöne Melodien. Frau Holda rief die kleinen Elfen immer dann, wenn Kinder zu ihr kamen. Sie liebte Kinder aller Nationen und Hautfarben, gesunde oder kranke. Die Melodien der kleinen Wesen waren ein Ausdruck dieser tiefen Liebe. Empathisch nahm die Königin der Anderswelt Mayas Sorgen wahr. Und sie bemerkte, dass ihr ehemaliger Fackelträger beinahe hinter Maya zu verschwinden schien. Sie unterdrückte den ersten Impuls, den Hasen mit Vorträgen zu bombardieren. Denn sie spürte die dringliche Ernsthaftigkeit, die Mayas Seele zu belasten schien. Mit einer einladenden Geste gab sie dem Kind zu verstehen, dass sie nun hören wollte, was der Kleinen auf dem Herzen lag. Also erzählte das Mädchen von seinem blinden Opa Jörg und der Angelegenheit mit dem Blindenführhund.

So kam es, dass drei sehr unterschiedliche Wesen in einem wunderschönen Zaubergarten Tee tranken. Na ja, Maya trank Kakao, Herr Pfefferminzky einen Pfefferminztee, den er vor Aufregung kaum runterbekam, und Frau Holda ein nach Blumen riechendes Teegemisch. Zwischendurch sah sie ihren ehemaligen Fackelträger immer wieder prüfend an und war doch sehr erstaunt darüber, dass er wirklich den Mut aufgebracht hatte, ihr unter die Augen zu treten. Das war ein überraschender Akt des Mitgefühls von ihm. Weil sie eine großzügige und gutherzige Herrin war, unterließ sie es, Herrn Pfefferminzky die Leviten zu lesen. Nun ja, das konnte sie auch zu einem späteren Zeitpunkt nachholen. Stattdessen war ihre Konzentration auf das Mädchen gerichtet, das seinen Opa Jörg sehr lieb hatte.

„Es ist gut, Kind, dass du gekommen bist", sagte Frau Holda einfühlsam mit ihrer unglaublich sanften Stimme. Maya fühlte eine aufkeimende Freude in ihrem Herzen. Das bemerkte auch die große Zauberin und lächelte.

„Kannst du meinen Opa heilen?" Die Schokolade hatte sich um Mayas Mund verteilt.

Hach, das war schwierig zu beantworten. Was erwiderte man einem kleinen Kind auf eine solche Frage? Das war sogar für Frau Holda eine Herausforderung.

„Nun ja", sie räusperte sich, „die Heilung von Menschen, Tieren und der Erde, Maya, behalten sich der große Geist und die Heiligen aller Religionen vor. Da kann auch ich nicht so einfach eingreifen." Sie bemerkte, wie wach und aufmerksam das Kind ihr zuhörte. „Aber ich habe eine Idee, wie ich deinem Opa helfen kann, damit er den Blindenführhund bekommt."

Diese Antwort war ein Volltreffer! Maya strahlte. Die große Zauberin verspürte für ein paar Sekunden tiefe Demut vor der Weisheit dieses kleinen Mädchens. Es wäre ganz sicher eine wunderbar geeignete Zauberschülerin in ihrer Schule für übersinnliche Künste. Den besonderen Blick hatte Maya ja schon. Immerhin sah sie als Einzige den schrulligen und für Menschen normalerweise unsichtbaren Hasen.

„Du", setzte Frau Holda an und wandte sich Herrn Pfefferminzky zu, „dich will ich von deinem bunten Übel befreien. Du kannst ja mal darüber nachdenken, warum ich dir gnädig bin. Vielleicht kommst du von selbst drauf", schmunzelte die

Königin der Anderswelt und vollführte eine ihrer berühmten Handbewegungen.

Maya und der Zauberhase verließen überglücklich die Anderswelt durch das sagenumwobene Rosentor. Endlich sah er wieder wie ein richtiger Hase mit flauschigem braunen Fell und ordentlich erkennbarer Blume aus. Von nun an würde er wieder in seinem Wacholderbaumhäuschen wohnen und vor allem wieder Ringelsocken tragen können. Seine geliebten Ringelsocken. Waren diese auf dem Gutshof doch so nah und zugleich fern! Und überhaupt, wo war eigentlich sein Zylinder? In seiner Stube im Wacholderbäumchen?

Als die beiden Freunde den Vorgarten Eden längst verlassen hatten, steuerte die Königin und Hüterin des Waldes von Rutenmühle direkt auf Woida Domos zu. In seinem Arbeitszimmer, ganz oben im äußeren Turm des Schlosses, brannte Licht. Daran erkannte Frau Holda, dass der oberste aller Dschinns der Anderswelt und sonst wo sich dort aufhielt. Kaum hatte sie an die schwere Holztür mit dem großen Messingring geklopft, trat sie – beziehungsweise schwebte sie – auch schon hinein.

„Salam aleikum, hohe Frau." Lächelnd hieß er sie willkommen.

Sie blickten sich an und jeder erkannte die lichtvollen Gedanken des anderen. Sie nahmen telepathisch Kontakt auf.

„Es scheint, dass ein benachteiligter Mensch unsere Hilfe benötigt", fasste Abu al Azila den geistigen Austausch in gesprochenen Worten zusammen.

„Ich bin mir bewusst, dass wir eine Regel umgehen müssen, Vater der Rosen." Frau Holda tippte auf einen der Computer des Dschinns.

„Machen wir eine Ausnahme", beschloss der Befehlshaber der unvergleichlichen Einheit.

„Ja", bestätigte die weise Zauberin, „erinnern wir die Menschen daran, dass sie mehr Mitgestalter sind, als sie ahnen, und mehr Verantwortung haben, als sie wissen!"

Dieser Satz war wie eine Einleitung für den Vater der Rosen, der sich alsbald frisch ans Werk machte. Das Mathematik-Genie hackte sich kurzerhand in sämtliche Computersysteme großer und namhafter Krankenkassen.

Und was glaubt ihr, was passierte dann? Lest den Auszug aus dem Zeitungsartikel der HNA, der Hessischen/Niedersächsischen Allgemeinen Zeitung.

Auf unerklärliche Weise wurden in den vergangenen Tagen von namhaften Krankenkassen 30.000 Anträge auf Hilfs- und Heilmittel bewilligt, die bislang abgelehnt worden waren.

Es sei nicht zu erklären, aber man wolle selbstverständlich den bewilligten Anträgen Folge leisten, da eine größere Prüfung der Vorkommnisse noch geld- und zeitaufwendiger sei. Außerdem sei die Rechtslage eindeutig, demnach könnten einmal bewilligte Anträge nicht zurückgezogen werden. Trotz der Unerklärbarkeit sei es aber ein gutes Gefühl, so vielen Menschen Hilfe zukommen zu lassen, so der Sprecher einer großen deutschen Krankenkasse.

Plötzlich kamen also viele benachteiligte Frauen, Männer und Kinder zu dringend benötigten Hilfsmitteln wie speziellen Rollstühlen, Wohnungsanpassungen, Wohnassistenzen oder eben auch Blindenführhunden. Diesmal hatten die bürokratischen Geizhälse die Rechnung ohne die große Zauberin und ihren Dschinn gemacht!

Unter dem Regenbogen, im Woida Domos in der Anderswelt, feierte man den sozialen Erfolg manierlich mit einer ausgiebigen liturgischen Meditation. In der Halle der Ahnen und zusammen mit dem großen Geist.

Nun, auch Opa Jörgs Antrag auf einen Blindenführhund war natürlich bei den Bewilligungen mit dabei. Der heutige Tag, der 20. November 2014, war für Jörg von Möhrendorf also ein Freudentag. Denn er würde endlich den Namen seines neuen Blindenführhundes erfahren. Jörg tippte auf seinem Handy für blinde Menschen die Telefonnummer der Ausbildungsschule für Blindenhunde ein.

„Da soll noch mal einer sagen, heutzutage gäbe es keine Wunder mehr", meinte Oma Karlotta, die sich mit ihrem Ehemann freute und sehr erleichtert war.

Noch musste Jörg allerdings ohne Hund auskommen, denn so schnell ging das nicht mit dem Blindenführhund. Man konnte ja nicht einfach so daherkommen und sich einen Hund schnappen. Oh nein. Das war ein zeitintensiver Prozess.

Erst wenn der Antrag bewilligt war, wurde mit der konkreten Ausbildung des Tieres begonnen. Die dauerte dann weitere sechs bis acht Monate.

Die Welpen ausgewählter Tiere lebten anfangs eine Zeit lang bei einer Familie mit anderen Hunden. Sie wurden dort von den Ausbildern und Ausbilderinnen beobachtet, um zu sehen, wie sich das soziale Verhalten der zukünftigen Blindenführhunde entwickelte. Die Ansprüche an solche Tiere waren sehr hoch. Die Rasse des Labradors eignete sich besonders gut für die Aufgaben eines Blindenführhunds.

War der Hund dann so weit ausgebildet, musste Jörg von Möhrendorf sich eine ganze Woche mit dem Tier unter Aufsicht der Ausbildenden vertraut machen. Danach kamen die Trainer und Trainerinnen zum Wohnort des jeweiligen blinden Menschen und setzten dort das Training fort. Zum Abschluss wurde dem Hund zusammen mit seinem neuen Herrchen oder Frauchen eine Gespannsprüfung abgenommen. Auch das war Aufgabe der Ausbilder und Ausbilderinnen.

Wie erstaunlich Tiere doch sind! Diese tollen Hunde sind in der Lage, sich sämtliche Anweisungen, Wege und Befehle zu merken. Und welche Freiheit gibt das den blinden Menschen zurück! Nicht nur beruflich, sondern auch im Alltag. Das kann man sich gar nicht vorstellen. Ein absurdes Phänomen ist nämlich, dass die Blindheit Betroffene richtig ins Abseits der Gesellschaft drängt. Sie werden unsichtbar. Dabei ist gerade die Sichtbarkeit so enorm wichtig, um zur Gesellschaft zu gehören.

Kein Wunder, dass der große Geist sich mit Frau Holda freute, als die 30.000 Anträge für benachteiligte Menschen auf höchst unerklärliche Art und Weise bewilligt worden waren. Aber der große Geist freute sich nicht nur mit Frau Holda, sondern auch mit den betroffenen Menschen. In diesen Tagen leuchtete der Regenbogen in der Anderswelt so stark, dass Heimdahl, der wachhabende Drache, seine Sonnenbrille hervorkramen musste.

Trolliver und sein Puck

Frühsommer 1888

Das Übel hat einen Namen: Trolliver.

Trolliver? Wer ist das denn?

Oh je ... wäre Frau Holda oder besser der hohe Rat nicht so großzügig und schrecklich weise, dann wäre dieser Troll schon längst in hohem Bogen aus der Anderswelt geflogen. Die Frage wäre nur: wohin?

Ja, das ist das große Problem mit diesem ungehobelten Kerl. Es gibt keinen von seiner Sorte, der dermaßen viel Streit in der Gemeinde der Trolle vom Zaun bricht wie Trolliver. Und der Zaun ist hier schon mal ein gutes Stichwort dafür, seine Geschichte zu erzählen.

Trolliver ist der eingesetzte Verwalter der Behausungen in Tröll Dalurinn. Oh, es ist in der Tat nicht einfach, dem schroffen und ungebildeten Kerl eine Arbeit anzuvertrauen, die er zuverlässig ausführen kann.

„Wieso soll ich schreiben lernen?" Diese Frage poltert er lautstark heraus, wo er nur kann. Tatsächlich kennt er nur drei Buchstaben ... und das ist schon erstaunlich viel für einen wie ihn. Nun ja, wozu hat er so starke Oberarme und eine Keule? Wer braucht da noch Worte oder – schlimmer – eine Schrift? Alles, was ihm nicht passt, räumt er meistens mit der Keule aus dem Weg. Das macht sich jedoch als Verwalter, selbst wenn die Aufgabe nicht besonders anspruchsvoll erscheint, nicht besonders gut.

Tröll Dalurinn ist das Tal der Trolle. Diese Wesen, das wissen wir ja schon, sind ein bisschen ungehobelter, aber selbst sie wollen einem Tagewerk nachgehen, nach Feierabend die Trollmauken hochlegen und Zeitung lesen. Sie wollen nicht belästigt werden und schon gar nicht im Winter ohne Heizung dasitzen. Damit wären wir auch schon beim Kern der Geschichte des Verwalters Trolliver und seines Pucks.

Das Tal mit den Wohnhöhlen liegt ziemlich tief unterhalb des Regenbogens, östlich von Woida Domos, und gehört zur Welt von Frau Holda. Es ist eine Landschaft mit langen und dunklen Wintern, die kälteste Gegend der Anderswelt und umgeben von schroffen, felsigen Bergen, die unfreundlich aufragen. Um dorthin zu gelangen, muss man unwirtliche Landstriche passieren. Trotz der rauen Eigenartigkeit ist diese Gegend mit all ihren ebenso herben Bewohnern und Bewohnerinnen für die Harmonie im Vorgarten Eden wichtig, denn es gibt alles und alles hat ein Recht auf Existenz.

Wenn man im Völkerkundeunterricht bei Frau Holda gut aufgepasst hat, dann weiß man, dass es unterschiedliche Rotten von Trollen gibt. Und es gibt eben Trolliver! Das will man vielleicht gar nicht so genau wissen.

Jede Rotte hat ihren klar abgesteckten Bereich. Werden diese Bereiche nicht respektiert, kann es schnell zu geschwungenen Fäusten kommen. Da wird schon mal eine Nase umgedreht oder kräftig an den Ohren gezogen. Selbst ausgerissene Haare hat man schon gefunden.

Trolliver aber ist ein Einzelgänger. Nein, er kann sich einfach in kein soziales Gefüge eingliedern.

Schon in der Schule fiel er durch seine Grobheit auf. Daher fragte man sich bereits in seinen Kindertagen sorgenvoll, wie man ihn am besten in die Gemeinschaft der Trolle und Konsorten integrieren könnte. Einmal hatte er dem Vater der Rosen eine ganze Kiste Würmer auf das Lehrerpodest geworfen, weil er das Einmaleins verabscheute. Selbst der ewig friedliche Druide Fraxinus bekam einen Wutanfall im Klassenzimmer, als Trolliver zum hundertsten Mal laut grölend seine derben Witze zum Besten gab. Über die ohnehin niemand außer ihm lachen konnte. Fraxinus war so verärgert, dass Trolliver den ganzen restlichen Tag sein Dasein als fette, glitschige Erdkröte fristen musste. Der pädagogische Effekt jedoch blieb leider aus.

Als Trolliver vorzeitig die Schule verlassen durfte (worüber niemand wirklich böse war), sollte er bei dem schon älteren Troll und Schmiedegesellen Olfried in die Lehre gehen. Bereits nach zwei Tagen (und das war schon erstaunlich lange) jagte der alte Schmied seinen Lehrjungen davon, warf ihm Hammer und Hufeisen hinterher und rief, er möge sich nie wieder blicken lassen.

Völlig unbeeindruckt davon setzte sich der Troll ins nächste Gasthaus und ließ sich schmatzend ein riesiges Wildschwein schmecken. Die fliegenden Wildschweine waren eine Delikatesse in Tröll Dalurinn. Die ließen sich nämlich nicht so leicht einfangen.

So ging es jahrein, jahraus. Der hohe Rat, der von den Gemeinden der Trolle ob des Verhaltens ihres Artgenossen in immer kürzeren Abständen aufgesucht wurde, wurde immer ratloser.

Nach wochenlangen Debatten beschloss man dann, ihm als Unterstützung einen Puck zur Seite zu stellen. Die Wahl fiel seinerzeit auf Krabbe, den Puck.

Was ist ein Puck? Tja, ein Puck ist ... ein Puck. Eben ein Puck!

In diesem harten und kalten Winter nun, im Jahr der großen Eisscholle, nach Menschenrechnung 1888, tritt der tumbe Geselle vor seine Bürotür und isst – na was schon? – ein Wildschwein. Ob ihm nicht kalt ist? Nee, er ist echt schmerzunempfindlich, nicht nur, was seine Denkfähigkeit angeht ... Schmatzend genießt er das gebratene Fleisch aus der Kochstube von nebenan. Sein Büro ist eine entzückende kleine Höhle mit Holzdielen auf dem Fußboden und einer hübschen Feuerstelle in der Mitte des Raumes. Der Puck, also Krabbe, den man ihm ja fürsorglich zur Seite gestellt hat, sorgt an wärmeren Tagen immer für frische Blumen. Allerdings muss der Puck darauf achten, dass Trolliver diese nicht als Gemüsebeilage zum Schwein vertilgt.

Eine seiner vornehmsten Aufgaben als Verwalter in Tröll Dalurinn besteht darin, sich für die Bewohner und Bewohnerinnen der Höhlen in der Winterzeit um einen großen Holzvorrat zu kümmern. Das sollte ja nicht so schwierig sein, dachte sich der hohe Rat. Na ja ...

„Du, Trolli", spricht der Puck, wenn die sehr kurze Sommerzeit da ist, und zieht an seinen vier Zigaretten, die er sich zwischen die Lippen geklemmt hat, „das Holz muss gesammelt und eingelagert werden."

Wenn der Puck ihn dann auch noch mit seinem zigarettenrauchdampfenden Mund anlächelt, gibt der grummelige Troll ein „Hmpf, wenn's sein muss" von sich und schiebt seine mächtig dicke Wampe an dem kleinen Puck vorbei in die Wälder. Oh, wie ist ihm diese körperliche Arbeit doch zuwider!

„Wat mut, dat mut*!", ermutigt ihn der Puck und lächelt wieder sein Gelbe-Zähne-Lächeln. Ehrlich, der Puck kann ganz gut umgehen mit Trolliver. Er fühlt sich in der Rolle des Assistenten so richtig wichtig. Ja, Krabbe macht seine Aufgabe bisweilen wirklich gut.

Eine Schwäche der Pucks im Allgemeinen ist jedoch deren Eitelkeit. Obwohl Trolli ein tumber Bursche ist, hat er das bei Krabbe schnell durchschaut.

„Gut gemacht, Krabbe", lobt er dann seinen Puck über den Klee*. Oder er fragt: „Willste auch was vom Wildschwein futtern?"

Krabbe wird gleich einen halben Meter größer und antwortet: „Trolli, du bist sooo toll!" Mit blitzblauen Augen funkelt er ihn ergeben an.

Eines Tages, in der Welt der Menschen ist gerade Frühsommer 1888, werkelt ein namhafter Steinmetz aus Stuttgart mit einem riesigen Zylinder auf dem Kopf in der lauen Nachmittagssonne hingebungsvoll am Dom zu Augsburg. Man nennt ihn den „Steinhannes von Stuttgart", er ist ein begnadeter Steinmetz. Um Aufträge braucht er sich nicht zu sorgen, die bekommt er aus ganz Deutschland und darüber hinaus. Der

TROLLIVER

kann wirklich aus jedem Steinklumpen ein Kunstwerk zaubern. Da wäre wahrscheinlich sogar Rodin* vor Neid erblasst, hätte er ihn gekannt.

Dieser stattliche Mann ist ein guter Freund von Onkel Pfefferminznus und auch dessen Beschützer. Heute Abend wird ihn der Steinmetz in Stuttgart besuchen. Er wird den Dampfschnellzug nehmen. Für die 40 Markpfennige*, die das Billett der 2. Klasse kostet, könnte Steinhannes sich auch einen ganzen Korb voller Lebensmittel kaufen, aber der Besuch bei Onkel Pfefferminznus in Stuttgart ist wichtig.

Also würde er heute Abend die Bayerische Staatseisenbahn von Augsburg bis Ulm nehmen und dann in die Baden-Württembergische Staatsbahn umsteigen und bis Stuttgart tuckern.

Gut getarnt durch einen leicht bekömmlichen Illusionszauber bewegt sich Onkel Pfefferminznus wie selbstverständlich in der Welt der Menschen. Niemand sieht einen ollen Hasen, für die Menschen wirkt er wie ein älterer Herr.

Steinhannes aber weiß um die wahre Identität des kleinen, exzentrischen Hasen mit dem karierten Hosenanzug. Ebendieser Hase mit dem Zauselbart arbeitet schon eine ganze Weile für den Metzler Verlag in Stuttgart an einem großen Buchprojekt, dem Lexikon der Geografie. Das Buch, das vor Kurzem veröffentlicht wurde, ist ein umfangreiches Nachschlagewerk. Der alte Hase liebt Bücher über alles. Es ist die Zeit, in der man Bücher bereits mechanisch binden kann. Er ist extra aus Lüneburg angereist, denn der Verlag hat ihn gebeten, nach Stuttgart zu kommen, um die Arbeit am Buch zu vollenden. Erfolgreich, wie es scheint.

Aber unser Onkel Pfefferminznus hat von dieser seiner letzten Reise ein Geheimnis mitgebracht. Lose, sehr alte Blätter aus vergilbtem Pergament. Mit seltsamen Schriftzeichen darauf. In der Werkstatt der Buchbinder will er diese uralten Rezepte und Zaubersprüche der Hexen und Druiden zu einem ordentlichen Buch zusammenfassen. Mit einem schönen Einband aus gestärktem, kräftigem Leder. Zum Teil hat er das schon mechanisch durchführen können, aber die empfindlichen Blätter müssen vorsichtig eingearbeitet werden.

Wo er diese vergilbten, aber wertvollen Blätter herhat? Nun ja, da er seit vielen Jahren der Fackelträger der großen Zauberin ist, hat er zu fast allen Räumen und Zimmern auf Woida Domos Zugang. Es eignen sich nur charakterstarke und staatlich geprüfte Hasen zum Fackelträger. Da kommt man nämlich viel herum und kennt schon mal das eine oder andere Geheimnis der Chefin.

Onkel Pfefferminznus weiß, dass der ärgste Widersacher der Holda seit Urzeiten einem großen Geheimnis hinterherjagt. Dem Geheimnis der Tria Principia, der drei Prinzipien, aus denen alles Leben bis ins kleinste Detail gewoben ist. Die drei Teile sind: Feuer beziehungsweise Luft, Wasser und Erde. Die Zauberer nennen diese Stoffe Sulphur, Mercurius und Sal und sind felsenfest davon überzeugt, dass diese Stoffe in einer bestimmten Mischung existieren. Wenn nun jemand die Ordnung umkehrte, dann würde das Gleichgewicht des gesamten Universums durcheinandergeraten.

Das hatte der Hase mit angehört, als seine Chefin mit dem Vater der Rosen darüber sprach.

„Diese Zaubersprüche gehören in den Tresor der Bibliothek. Fest verschlossen. Du, Vater der Rosen, entwickelst einen speziellen Code dafür. Schaffst du das?"

„Nichts leichter als das, hohe Frau", lachte der Dschinn.

Und während der höchste aller Dschinns an der Entwicklung eines komplexen Codes arbeitet, sind die Zaubersprüche und Rezepte bei Onkel Pfefferminznus in Gewahrsam. Sind sie erst mal gebunden und mit einem festen Ledereinband versehen, kann der Schutz- und Bannzauber wesentlich stärker über das Buch als solches gelegt werden. Das ist der Grund, warum die Chefin ihn damit höchstpersönlich betraut hat. Onkel Pfefferminznus ist gewissermaßen im Dienste ihrer Majestät unterwegs. Und mit aller Diskretion! Seinen Drink nimmt er übrigens auch gerührt und nicht geschüttelt. Aber ohne Alkohol ...

Am Abend des 4. Juni 1888, als Steinhannes zu ihm nach Stuttgart in die Buchbinderei kommt, die am Katharinenplatz nahe der Leonhardskirche liegt, merkt der Handwerker, dass es um die Gesundheit des lieben Freundes nicht gut steht.

„Bald bin ich fertig, Hannes", krächzt der Hase und erleidet einen seiner berüchtigten Hustenanfälle. „Ich werde es nicht allein schaffen, das Buch als solches zurück in die Anderswelt zu bringen, mein Freund."

Steinhannes sieht ihn traurig an. „Was kann ich tun, Ephraim?", fragt der Steinmetz hilfsbereit.

„Es muss eine andere Lösung her", stellt der Hase klar.

„Und die wäre?" Nun wird der große Mann mit den hellbraunen Haaren aber neugierig.

„Na ja, ich habe eine kleine Hasenwohnung im Rutenmühler Waldviertel nahe Lüneburg. Es gibt dort ein geheimes Zimmer", erklärt der Hase, unterbricht den Satz und hustet in sein großes Taschentuch. Als er wieder sprechen kann, fügt er mit rauer Stimme hinzu: „Diese Wohnung, Hannes, ist in einem Wacholderbäumchen."

Na, da soll man erst mal draufkommen, dass es in solchen Bäumchen im Rutenmühler Waldviertel Wohnungen gibt! Aber der alte Hase ist gewitzt und will auf Nummer sicher gehen. Hat Onkel Pfefferminznus das Geheimzimmer etwa erschaffen, um dieses sonderbare Buch zu verstecken?

„Du meinst einen Raum, von dem keine Menschenseele weiß?"

Onkel Pfefferminznus nickt bedächtig und wackelt auf einen Stuhl zu. „Menschenseelen wären nicht das Problem. Ein Wesen, dessen Habgier sich auf dieses Buch richtet, darf es niemals in die ... hm ... Klauen bekommen." Mehr will er dem Freund nicht verraten. Seine rechte Hand hat er auf den Stock gelegt, als er den Steinmetz durch seinen Nasenzwicker* ansieht. „Würdest du mich begleiten, Hannes?"

Klar begleitet der große Mann aus Stuttgart seinen ungewöhnlichen Freund.

„Dann lass uns diese Reise sorgfältig planen. In der Welt der Menschen wird es meine letzte sein", setzt der ungewöhnliche Hase nach. „Dein Mut und deine Kraft sind mein Schutz."

Meister Steinhannes ist ein guter Kerl. Im Winter, als der Meister mit seinem Gesellen oben am Turm des Doms zu Augsburg gearbeitet hatte, war der Geselle abgerutscht und hinuntergepurzelt. Er hatte großes Glück gehabt, denn er war in x Lagen Kleidung eingehüllt gewesen und prompt in einem dicken Schneehaufen gelandet. Nur noch Unterschenkel und Füße ragten heraus, wie der Meister von oben sehen konnte. Für den Rest des Tages gab er dem armen Kerl frei, der auf wundersame Weise absolut keinen Schaden genommen hatte, und lud ihn samt Familie zum Abendessen in sein Haus ein.

Zur gleichen Zeit, als Onkel Pfefferminznus mit seinem Freund, dem Steinmetz, einen gemeinsamen Reiseplan ersinnt, schuften zwei ungleiche Gesellen im dunklen Wald von Tröll Dalurinn. Die schwere Axt noch in der Hand, stellt Trolliver einen Fuß auf den umgefallenen Baum und schaut Krabbe triumphierend an.

„Trolli, du bist ja soooo gut", säuselt der Puck und zieht an seinen Zigaretten. Nicht mal im Wald kann er die Qualmerei unterlassen.

„Spät is", grunzt der Troll. „Hunger!"

Krabbe kratzt sich am Kopf. „Du, Trolli, es reicht wohl für heute." Oh ja, er muss Trolliver gelegentlich nach dem Schnabel reden, um eine gewisse Wertschätzung vorzugaukeln.

Sie beschließen, nach extrem schwerer körperlicher Arbeit im Wirtshaus „Zur schmatzenden Wildsau" einzukehren. Eine Schenke im Tal der Trolle, die auf dem Weg zur Höhlensiedlung liegt, die Trolliver verwaltet. Hat Trolliver doch tatsächlich zwei ganze Bäume umgehauen! Ui!

Na, mit dem Holzverarbeiten und -aufschichten kann er sich

ja noch Zeit lassen. Überhaupt reichen zwei Bäume ohnehin aus für ihn und den Puck als Brennholz. Es ist doch erst Juni! Oder?

Der erste Met ist so schnell Trollis Kehle hinuntergeronnen, so schnell kann ein Puck gar nicht gucken. Viele raue Burschen sitzen hier, auch ein paar Dunkelelfen. Der Puck fühlt sich nicht wohl in seiner Haut. Dunkelelfen sind dafür bekannt, dass sie beim Kartenspiel schummeln und so manches Mal gab es bereits handfeste Schlägereien in der Schänke. Hier fühlt sich Trolli wohl, aber Krabbe eben nicht. So knabbert der Puck schüchtern an einem kleinen Stück Fleisch, das Trolli ihm abgegeben hat. Er lässt sich sein Unbehagen nicht anmerken. Auch ein Puck hat seinen Stolz.

Vor zwei Jahren hat sich der tumbe Troll eine sehr derbe Schlägerei mit drei Dunkelelfen geliefert. So schlimm, dass Trollvater Jim kraft seines Amtes als Polizist auf seinem großen lila Drachen herbeigeflogen kam. Trollvater Jim ist ein Formwandler, der verschiedene Ämter gleichzeitig ausführen kann. Und er ist sehr zuverlässig. Frau Holda und der hohe Rat schätzen ihn. Weil er in ganz unterschiedlichen Angelegenheiten sehr viel unterwegs war, hatte ihm die große Zauberin Hoogdahl, den großen Bruder von Heimdahl, zur Seite gestellt. Dieser Drache war einer der wenigen ausgebildeten lila Schutz- und Flugdrachen. Sogar in die Welt der Menschen hatte er schon Flüge unternommen. Je nach Jahrhundert und Zeitalter dachten die Menschen dann, sie würden entweder ein UFO oder eben einen Drachen sehen.

Einmal, es war im tiefsten Mittelalter zur Zeit der Hexenverfolgung gewesen, da war es richtig brenzlig geworden, und zwar im wahrsten Sinne des Wortes. Mit brennenden Pfeilen hatten sie auf ihn geschossen! Menschen konnten ja so was von abergläubisch sein.

Ja, ja. Und seine blonden Haare stehen ihm jedes Mal zu Berge, wenn er Trollvater Jim ins Tal der Trolle bringen muss. Dann zieht er eingeschnappt seine Flughaube und -brille auf, spuckt ein wenig Feuer, Gift und Galle und fügt sich schließlich brummelnd dem Befehl. Er hasst es, nach Tröll Dalurinn zu fliegen. Es riecht ihm zu sehr nach ranzigen Trollen. Die kann er einfach nicht ausstehen. Auch in der Anderswelt gibt es Antipathien. Immer muss er diese Route fliegen!

Nun, Trollvater Jim hat damals mit seiner Autorität Ruhe in den Laden bringen können und Trolliver zum hundertsten Mal ermahnt. Nämlich: Wenn er sich nicht anständig benähme und seiner Arbeit nachginge, dann würde er hinter dem großen Zaun landen. Dort leben die Zwerge in den Bergen und graben wie verrückt unter Tage nach Edelsteinen in den Bergwerken. Und sie sind wirklich nicht die Gnädigsten, was Faulheit angeht. Wer noch nie richtig zugepackt hat, der kann hier die einmalige Chance ergreifen, es zu lernen.

Es ist schon spät, die Dunkelheit legt sich wie ein Mantel über das Tal, als mit ihr ein unheimlicher Gast eintritt. Alle Kerzen erlöschen plötzlich und ein paar Dunkelelfen verlassen eilig das Wirtshaus. Trolli stört das alles natürlich nicht. Der Met schmeckt, der Nachtisch ist gut. Doch der Puck spürt, dass etwas im Gange ist. Nervös zieht er heftig an seinen vier Zigaretten.

„Hm, Tabak. Billig, aber immerhin", grollt ein tiefer Bass unter der Kapuze der dunklen Gestalt hervor. „Ich liebe Rauch, Pech und Schwefel." Und das Wesen tritt an den Tisch, an dem der Troll und sein Puck hocken. „Dich habe ich gesucht, Troll. Und wie mir scheint, bist du absolut der Richtige für mich."

Fast fällt der Puck vor Schreck vom Stuhl. Er rutscht halb unter den Tisch. Es sind nur noch seine Augen zu sehen. Wild klopft sein Herz.

Der Unheimliche sieht ihn an, als könne er es hören. „Das Ding in der Brust stört einen nur", bemerkt er trocken. Etwas wackelig setzt er sich unaufgefordert neben den Troll. „Einen wie dich muss man erst mal finden", gackert es aus der Kapuze.

Ist das ein Huf, wo eigentlich ein Fuß sein soll, oder hat der Puck sich verguckt? Oh, bestimmt hat er sich verguckt! Nein, er schaut lieber nicht noch mal hin ...

„Junge, willst du ein Spiel mit mir spielen?" Der Kapuzenmann winkt den Wirt zu sich. „Worauf wartet er? Los, hole er Würfel und Becher!", befiehlt er dem eingeschüchterten dicken, kleinen Mann, der daraufhin ziemlich schnell hinter dem Tresen verschwindet und das Befohlene herbeischafft.

„Hrrmpft", gibt Trolliver von sich.

„Versteht er mich nicht?", fragt der Fremde. Glühende Augen starren den Troll ungläubig an. Der Puck ist mittlerweile fast unter dem Tisch. Die Anwesenheit des furchterregenden Unheimlichen ist zu viel für ihn.

21. November 2014

„Erkenhilde!" Charly kam auf ihre Freundin zugerannt. Sie lief auf der asphaltierten Straße direkt neben dem Ruheforst, einem Teil des Rutenmühler Waldes. Sie lachte und rief etwas, das Hilde nicht verstand. Was war denn jetzt los?

„Erkenhilde." Ganz außer Atem, aber mit einem Strahlen im Gesicht erreichte die sportliche Frau ihre beste Freundin. „Sie kommt! Sie kommt!"

Aha, da kam also wer! Erkenhilde hob die Augenbrauen und legte ihren Kopf schief. „Könntest du mir sagen, wer kommt und was los ist, du Komikerin?", neckte sie Charly.

Ihre Freundin schürzte die Lippen und trat einen Schritt zurück, kratzte sich verlegen am Oberschenkel. Ihre Ohren wurden etwas rot. „Ruth kommt! Ruth kommt!", teilte sie Erkenhilde mit leuchtenden Augen mit. „Sie hat sich wirklich bei mir gemeldet."

Erkenhilde wurde prompt angesteckt von Charlys überschäumender Freude. Erst sah sie sie prüfend an, aber dann lachte sie mit. „Ist ja irre!"

Charly war wirklich heftig in Ruth verknallt. Bis über beide Ohren. Sie strahlte eine Kraft aus, die Erkenhilde faszinierte. „Charly ist ein Wildfang", dachte sie, „so ungestüm."

Sie nahm ihre Freundin an die Hand und die beiden marschierten nebeneinander den Weg entlang. Mal rannten sie plötzlich los, mal schlenderten sie gemütlich voran, und kam zufällig ein Auto auf der schmalen Straße vorbei, rutschte eine der beiden fast in den Straßengraben. Aber sie waren fröhlich. Es war einfach zu schön!

Erkenhilde freute sich so sehr für Charlotte, dass sie schon fast das Gefühl hatte, sie sei selbst verliebt. Vielleicht war das ja auch so. Liebe verteilte sich gerne aus vollen Kelchen.

Panta rhei!* Und Liebe ließ sich nicht verbieten. Zumindest nicht für alle Zeiten, da konnte man sich auf den Kopf stellen.

Das war eines der ewigen und unumkehrbaren Gesetze, die einige Menschen auf diesem Planeten einfach nicht verstehen wollten. Das Prinzip der Liebe konnte nicht dauerhaft blockiert werden. Sie suchte sich ihre Wege und die Prozesse, die im Fluss sein wollten, würden IMMER Wege finden. Manchmal dauerte es länger und manchmal gab es ein Feuerwerk. So war das. Eigentlich ganz einfach.

Weil es aber immer wieder Zeiten mit falschen Denkmodellen gegeben hatte und sogar noch gab, war der Weg, den manche Regenbogenmenschen* gehen mussten, dornig und alles andere als leicht.

Doch der Weg, den Charly und ihre Ruth gerade gingen, der war wunderschön! Sie lebten beide in Ländern, wo lesbische Frauen und schwule Männer heiraten konnten. So ein Glück! So viel Toleranz und Gleichmut! Hart erkämpft.

„Kommt sie mit dem Motorrad?“, fragte Erkenhilde neugierig.

Die Freundin bejahte. Das musste wahre Liebe zum Motorrad sein, im November noch damit zu fahren.

„Das ist aber eine lange Reise von Graz bis hierher“, stellte Erkenhilde fest, als sie über die Feldwege gingen.

Ruth würde von München bis Hamburg den Autozug nehmen, erklärte ihr die Freundin.

„Und was ist mit deinem Motorrad?“

„Ach, schlechtes Thema.“ Charly hatte mit ihrem Bike wirklich viel Pech.

Erkenhilde leckte sich über die Lippen, grinste, dann stieß sie Charly kumpelhaft an und nickte mit dem Kopf, bevor sie ihre beste Freundin mit den folgenden Worten überglücklich machte: „Du darfst die BMW fahren.“

Die Zeit der Kräuterlein war vorüber. Er hüpfte trotzdem überglücklich über Felder und Wiesen. Auch wenn es jetzt schon ganz schön feucht und kalt war. Manchmal wackelte

er mit seinem Hinterteil, drehte sich dann um, schaute stolz auf seine Blume und freute sich, sein schönes Fell wiederzuhaben.

„Hat Frau Holda gut gemacht", lobte er die große Zauberin.

Nach einer Weile aber wurde er des Hüpfens müde und begab sich zurück in seine Stube. Auf dem Weg über die Wiese zu seinem Wacholderbaumhäuschen regte sich seine alte Leidenschaft: das Klauen von Ringelsocken! Es juckte ihn buchstäblich in den Pfoten.

Zu Hause angekommen zog er eine Schublade der Kommode auf, fischte eine geringelte Socke heraus und schnupperte genüsslich an ihr, drückte sie sanft an seine Nase.

Seine 77 geringelten Socken befanden sich nun nicht mehr auf der Leine zwischen den Bäumen, wo sie im Frühling und Sommer hingen. Dafür hatte er diese große Kommode. Darin lagen die Ringelsocken ordentlich Paar für Paar übereinander, nebeneinander und untereinander.

Dann fiel ihm ein, dass er das Buch mit den seltsamen Rezepten gar nicht mehr besaß. Doof, aber nicht so schlimm. Süppchen kochen ging auch ohne. Einen guten Teil der geernteten Kräuter hatte Herr Pfefferminzky eingetrocknet.

Es überkam ihn großer Appetit auf ein leckeres Süppchen mit Kräutern und Möhren. Liebevoll legte er sein geringeltes Beutestück zurück in die hölzerne Kommode, schaute versonnen in den Spiegel darüber und ... rieb sich die Augen. Ups! Tatsächlich, da war jemand im Spiegel zu sehen. Aber das war nicht nur er selbst. Es gab ihn ja nicht zweimal. Nein. Ein Vogel!

Das Tier legte seine Schwingen sanft an den Körper und sah Herrn Pfefferminzky aus schwarzen Knopfaugen an. „Waah!"

Der Zauberhase erschrak fast zu Tode.

Kein Wunder, wenn man außer seinem Spiegelbild noch ein anderes sehen konnte. Wie immer stürzte er hinter sein altmodisches Sofa. Von seinem Heißhunger war nichts mehr zu spüren. Hinter der Lehne konnte der Besucher nur noch den

Zylinder und zwei braune Lauschlappen erkennen. „Hast du Angst, Hase?", zwitscherte der Fremdling.

Was für eine Frage! Schon fast eine Frechheit! Nö, hatte er so gar nicht.

Er lugte vorsichtig hinter dem Sofa hervor. Seine Empörung nahm auf einer Skala von neugierig bis verärgert rasch zu. Das gefiederte Spiegelbild war so bunt wie ein Farbtopf. Und klein. Also etwas kleiner als Herr Pfefferminzky.

„Ähem ... wer bist'n du?" Herr Pfefferminzky fand erstaunlicherweise seine Stimme wieder. „Und wie bist du in den Spiegel gekommen?"

„Das sind zwei Fragen auf einmal, Fackelträger", bekam er zur Antwort.

Oh, da kannte jemand sein Geheimnis! Hatte den etwa Frau Holda geschickt? Zumindest sah er aus, als käme er aus der Anderswelt.

„Trallala und hopsasa, ich bin hier und ich bin da!", sang der schrille Vogel. War doch ein Vogel, oder?

Oh, wie wünschte sich der Zauberhase, dass seine kleine Menschenfreundin jetzt da wäre!

„Hihi, die Welt ist rund, die Welt ist bunt, doch zu viel bunt ist ungesund", trällerte der seltsame Besucher und schaute tierisch belustigt dabei aus. Der war wohl vom Kölner Karneval entlaufen!

Herrn Pfefferminzky wurde etwas unwohl zumute, das konnte man verstehen.

„Wer die Räder der Zeit zurückdrehen kann, der kann dir helfen."

„Aha, aber wobei?", fragte sich der Zauberhase im Stillen.

Da! Plötzlich klopfte es an seiner Tür.

Er zuckte zusammen. Das war ein höchst seltsamer Tag, dieser 21. November 2014. Du meine Güte!

Die Tür öffnete sich und eine kleine Gestalt trat ein. Den kennen wir, das war der hohe Waldbeamte Ebu Gogu.

Der Zwerg verzog den Mund. Da hatte ihn die Chefin doch

allen Ernstes vorhin aufgescheucht, um diesen Hasenchaoten im Rutenmühler Waldviertel aufzusuchen.

„Wir haben keine Zeit mehr, Ebu. Er muss es sofort erfahren!" Das war die Ansage der Frau Holda gewesen. Die Chefin war aufgeregt hin und her geflattert. Ebu Gogu hatte nicht mal mehr Zeit gehabt, sich die Zähne zu putzen, da war er auch schon auf Harald, dem Hirsch, gesessen und wie der Teufel durch den Wald geritten.

Oh Mann, was war passiert?

Abu al Azila, der Dschinn aller Dschinns in der Anderswelt und sonst wo, war dem Hacker auf die Spur gekommen, der den Code des Tresors in der Bibliothek von Woida Domos geknackt hatte. Man hatte jetzt eine konkrete Vorstellung davon, wer hinter diesem Überfall steckte. Der Täter war jedoch glücklicherweise nicht fündig geworden, zumindest nicht dort. Wenn dieses Buch mit der einzigartigen Formel in falsche Hände käme, würde das gesamte Universum durcheinandergeraten!

Die Tria Principia, die drei Prinzipien, die eigentlich vielmehr als Prozesse denn als Stoffe verstanden werden sollten, sind in allen Dingen enthalten und wirken zusammen. Gemeinsam bilden sie die Elemente Feuer, Wasser und Erde und schaffen Leben. Sind die Stoffe beweglich, also nicht starr, und alles Leben, alle Materie kann fließen, sagt man: „Panta rhei." Alles verändert sich. Nichts bleibt gleich. Angefangen vom kleinsten Teilchen über Pflanzen, Tiere bis hin zum Menschen. Wird die Ordnung der Formel durcheinandergebracht, dann entwickelt sich eine zerstörerische und auflösende Macht.

Der hohe Waldbeamte atmete scharf ein und klopfte sein rotes Mäntelchen ab. Von dem Amulett würde er dem Hasen trotzdem nichts sagen. Darüber schwieg sich Ebu Gogu beharrlich aus. „Du hast wirklich keine Ahnung, was hier los ist, richtig?", fragte er stattdessen.

Nee, hatte der Zauberhase nicht.

Der Zwerg ging einen Schritt auf Herrn Pfefferminzky zu, beäugte den Spiegel und meinte lapidar: „Das ist übrigens der Zeitgeist. Den kann man nur im Spiegel sehen." Genauer gesagt: überall, wo Spiegelbilder entstehen konnten, im Wasser, auf gefrorenen Eisflächen und eben in normalen Spiegeln.

Vergessen waren die Ringelsocken und das Süppchen. Herr Pfefferminzky sah von einem zum anderen und fragte sich, was das alles sollte.

„Dein Urgroßonkel Pfefferminznus, der hat hier ein Buch versteckt, stimmt das?", fragte Ebu Gogu streng den verwirrten Herrn Pfefferminzky, der ertappt dreinschaute.

War damit etwa dieses olle Buch gemeint, in dem die vielen lustigen Rezepte standen? Das mit den seltsamen Runenzeichen?

„In der alten Kiste im Geheimzimmer", antwortete der Zauberhase kleinlaut.

Ebu schob die Unterlippe vor und blickte auf den bunt gefiederten Vogel im Spiegel, dann schweifte sein Blick durch die gesamte Wohnung, die ja nun nicht allzu groß war. Er dachte nach.

„Dieser Hase ist ein Narr, nur Narren haben so wenig Verstand und so viel Glück", dachte der Zwerg unfreundlich. Da fiel ihm unwillkürlich ein Gedicht ein.

Narren sind wie kleine Kinder,
schlimmer nur und ungesünder,
reden sich um Roll und Kragen,
wollen nur die Wahrheit sagen.

Selbst hohe Herren hören zu,
das kostet schon mal einen Schuh,
der auf der Flucht verloren geht,
sobald der Herr die Wahrheit späht.

Ohne Schmuck und Plattitüden
musst du dich vor ihnen hüten,
doch Narren haben meistens Glück
und kommen heil und ganz zurück.

Ebu schüttelte sich, als wollte er das Gedicht aus seinen Gedanken verbannen. Vielleicht war es sinnvoll, sich dieses Geheimzimmer einmal genauer anzusehen.

„Wie kommt man dahin?", lautete seine knappe Frage. Der hohe Waldbeamte war müde und nervös zugleich.

„Mitkommen." Der Zauberhase führte Ebu Gogu in seine Schlafstube und zeigte auf den großen Ledereinband im linken Regal. „Da musst du fest draufdrücken", sagte der Hase und half Ebu auf den kleinen Schemel hinauf.

Island –
irgendwo unter einem Geysir

21. November 2014

Das Buch war endlich in seiner Gewalt! Wurde auch Zeit. Wie viele tausend Jahre hatte er darauf gewartet? Ach Gott ... brrr ... nee, nicht Gott!

Allein sein Name war eine schändliche Strafe. Gottlieb. Da hatte sich der große Geist einen Scherz erlaubt.

„Aber das zahle ich ihm heim!" Konnte er ja jetzt machen. Er musste nur noch die Runenschrift übersetzen lassen, dann würde er der Welt schon zeigen, wie der Hase lief.

„In drei Teufels Namen", fluchte Gottlieb. Und fluchen konnte er richtig gut! „Blöde Schrift, aber wozu habe ich meinen Gelehrten im Käfig? Hähä!"

Ja, Onkel Pfefferminznus sollte ihm helfen, die Formel der Tria Principia zu übersetzen. Bislang hatte der alte Knochen jeden Deal ausgeschlagen ... als Geist hatte er wohl alle Zeit der Welt.

So sah sich Gottlieb Teufel gezwungen, einen noch viel gemeineren Plan zu ersinnen, der den alten Hasen dazu bewegen würde, endlich diese vermaledeite Übersetzung abzuliefern. Er hatte vor Kurzem eine supercoole Idee gehabt. Da gab es ja schließlich noch den Neffen. Der reichte auf jeden Fall für eine satte Erpressung. Damit konnte er den gelehrten Onkel Pfefferminznus bestimmt ordentlich unter Druck setzen. Jetzt wusste Gottlieb ja auch, wo er sich aufhielt.

Oh ja, es war gefährlich gewesen, das Zauberbuch aus dem Möhrendorfer Gutshof zu holen ... Sein mit Schuppen bedeckter Arm brannte nach wie vor. In den Tausenden Jahren hatte er immer noch nicht gelernt, nach vorgegebenen Richtlinien und Standards mit Pech- und Schwefelzaubern umzugehen.

Regeln waren ihm zuwider und Normen waren sowieso doof! Als er sich das Buch der Druiden gekrallt hatte, wäre er beinahe in der Wand des Gutshofes stecken geblieben. Das kam davon, wenn man unsauber zauberte. Und verbrannt hatte er sich auch noch. Na ja ...

Der große Geist und alle hohen Engel waren ein paar Stunden vor Beginn des ersten Tages der Welt einhellig der Meinung gewesen, dass er, Gottlieb, wie geschaffen dafür sei, die Nacht einzuleiten. Wer? Er? Das roch nach einer Notlösung! Einem Irrtum! Er, der er doch so gerne Alchemist geworden wäre! Ein in einen samtblauen Umhang gehülltes Wesen der Dunkelheit? Ooooch nö!

Aber der große Geist hatte nicht mit sich diskutieren lassen. Und so ritt er nun seit Anbeginn der Welt jede, und WIRKLICH jede Nacht mit Skymrim, dem schwarzen Feuerpferd mit der herrlichen Mähne, über den Himmel der Welt und breitete mit seinem dunklen Mantel die Nacht über der Erde aus. Niemals bekam er Tageslicht zu sehen und er wusste auch gar nicht, wie die Sonne aussah.

Tja, er war derjenige, der es gewagt hatte, den großen Geist infrage zu stellen. Ein Widersacher. Gottlieb hatte aufbegehrt. Diesen Job wollte er absolut nicht haben! Also hatte er den großen Geist zu einem Spiel herausgefordert. Wenn er gewänne, würde die Schöpfungsliga sich einen anderen Heini suchen müssen, der den dunklen Reiter gab. Wie es aber kam, verlor er. Für alle Zeiten. Wie übel!

Nun saß er hier. Unter einem speienden Geysir in Island. Aber das hoffentlich nicht mehr allzu lange! Sie waren ihm nicht auf die Schliche gekommen in der Anderswelt. Wirklich nicht?

„Bei allen bösen Geistern", schimpfte er gelegentlich, weil er das einfach gerne tat, und irgendwie gehörte das ja auch zu seinem Berufsbild, das musste mal erwähnt werden.

So kochte er sich in seiner Küche seinen geliebten Ingwertee. „Schön scharf, mmmhh!" Und summte leise vor sich hin.

Das war vielleicht ein Reinfall gewesen mit diesem dusseligen Troll! Er dachte zurück an den Abend vor 126 Jahren. Als er verzweifelt einen Depp gesucht hatte, um seinen finsteren Plan umzusetzen. Den Plan, die Seele von Onkel Pfefferminznus, dem Gelehrten, zu rauben. So was von dumm hatte selbst der Herr der Finsternis noch nicht gesehen, und der hatte schon viel Dummes gesehen, das könnt ihr glauben!

Es trug sich damals so zu: Da hatte also der Dunkle am Tisch bei Trolliver und seinem Puck gesessen. Krabbe hatte Trolli in die Seite gezwickt, weil er ihn hatte warnen wollen. Aber dieser sah sich dadurch nur dazu veranlasst, nach seinem Puck zu schlagen.

Die Würfel waren jedoch schon gefallen. Wie es schien, hatte Trolliver verloren. Grunzend hatte der tumbe Troll dem dunklen Mann links neben sich zugeraunt, er solle verschwinden. Er verlor einfach nicht gerne.

Der dunkle Engel hatte seine Idee schon bereut, diesen Unhold ausgesucht zu haben.

„Also unglaublich." Kopfschüttelnd erinnerte sich Gottlieb immer noch an den Spinner und tippte mit dem rechten Zeigefinger an seine Hörner.

„Ahnst du nicht, wer ich bin?", hatte der unheimliche Gast damals gedonnert. Diese Frage war vollkommen überflüssig gewesen, weil unser tumber Troll so gut wie nie irgendetwas ahnte.

Trolli hatte gezittert, gleich würde er einen Wutanfall kriegen. Die Keule hatte schon in seiner rechten Hand gelegen. Krabbe war ganz blass geworden. Die Kippen waren ihm aus den Lippen gerutscht. Eine Sekunde später war der Teufel los gewesen. Im wahrsten Sinne des Wortes!

Dass Keulenhiebe wehtun konnten, das wusste Gottlieb nun. Dieser Troll war wie eine Furie gewesen und hatte in blinder Wut die gesamte Gaststätte kurz und klein geschlagen.

Das Ende vom Lied war: ab zu den Zwergen hinter den Zaun! Zumindest eine Zeit lang. Und Zeit war im Reich der Frau Holda ein relativer Begriff. Das hatte er nun davon, dass er sich mit dem Teufel eingelassen hatte! Da verlor man immer irgendwie, auch wenn man sich stärker wähnte. Und Dummheit schützte vor Strafe nicht.

Trollvater Jim war außer sich gewesen. Und sein lila Flugdrache auch, weil er schon wieder ins Tal der Trolle fliegen musste.

Leider hatte auch der Puck zu den Zwergen gemusst. Mitgefangen, mitgehangen. Und Zigaretten gab es da auch keine.

Gottlieb lachte ein gehässiges Lachen, als er daran dachte. 126 Jahre später. Jetzt setzte er sich erst mal hin und schmökerte ein wenig in seinem Lieblingsbuch „Das Bildnis des Dorian Gray"* von Oscar Wilde. Oh, er fand Dorian so attraktiv, der war so schön und strahlend! Genau das Gegenteil von ihm. Sein Held! Dabei ließ er geflissentlich außer Acht, dass die Figur des Dorian Gray durchaus teuflisch angelegt war. Teuflische Aspekte, die hatte er selbst zur Genüge. Ach, die sollten ihn doch alle mal in Ruhe lassen! Was wurde seine Person doch in Literatur und Büchern verbraten?

Nur dieser Goethe*, der den Klassiker „Faust" geschrieben hatte, war echt nahe an seine wunde Seele gelangt.

Wohl, wohl, ja, in dieser Rolle gefiel er sich schon! Und der Name, den man ihm aufs Auge gedrückt hatte, der gefiel ihm auch: „Mephir" hieß Verderber im Hebräischen und „Tophel" bedeutete Lügner. Mephistopheles.

Da sagte dieser Mephistopheles also in Goethes Werk: „Ich bin die Kraft, die stets verneint, und das mit Recht, denn alles, was entsteht, ist wert, dass es zugrunde geht."

„Ja", dachte Gottlieb, „meine Rede." Dieser Ordnung, diesem Prinzip, wie die Welt erschaffen war, würde er ein Ende setzen!

Sein Leiden war unheilbar. Der Spiegel der eigenen Erkenntnis wollte sich ihm nicht offenbaren. Erlösung gab es für an-

dere, aber nicht für ihn. Durch das Buch hatte er jetzt jedoch die Macht, die Umkehrung herbeizuführen. Seine Aufgabe, in ewiger Dunkelheit zu existieren, war ein Irrtum, das hatte er immer schon gedacht.

Und jetzt wollte er Solve*.

Herr Pfefferminzky ahnte derweil nicht, was noch auf ihn zukommen würde. Und das war auch gut so.

Die Helden der Geschichte

Zauberwesen

Herr Pfefferminzky:
ein verschrobener Zauberer, der im Rutenmühler Waldviertel
sein Unwesen treibt, klaut am liebsten Oma Karlottas Ringelsocken. Wenn er sich nicht gerade in ein haariges Hasenmonster verzaubert.

Frau Holda:
mächtige Zauberin, gute Fee, Hüterin des Waldviertels von
Rutenmühle, Chefin ihres Zaubervolkes, lebt als Königin der
Anderswelt vornehmlich dort, lässt sich aber glamouröse
Auftritte in der Menschenwelt nicht nehmen. Beruft bei au-
ßergewöhnlichen Vorfällen den Rat der Weisen ein.

Ebu Gogu:
ein lieber und treuer Zwerg, hoher Waldbeamter der Frau
Holda (Chefin). Hat den nervtötenden Auftrag, auf Herrn
Pfefferminzky aufzupassen.

Abu al Azila:
mächtigster aller Dschinns, ein Marid, gehört dem weisen
Rat der Anderswelt an. Mathematik-Genie und Computer-
freak, liebt sein Amulett (die Hand der Fatima). Sein klang-
voller Name bedeutet Vater der Rosen.

Kimama:
liebliche winzige Elfenfrau mit Schmetterlingsflügeln. Ihr
Name bedeutet Schmetterling.

Trolliver:
Dicker, arbeitsscheuer Troll, bricht mit allen möglichen Wesen Streit vom Zaun, was ihn in ziemliche Schwierigkeiten bringt.

Puck:
ein undefinierbares Wesen, das einem Troll, wenn es sein muss, zur Seite gestellt wird, raucht wie ein Schornstein, hat daher extrem gelbe Zähne.

Onkel Pfefferminznus:
der kluge, aber auch verschrobene Urgroßonkel von Herrn Pfefferminzky, folgte bis zu seiner Pensionierung der Hasentradition, die Sternenfackel der Frau Holda zu tragen, kennt viele Geheimnisse, wurde aus dem Reich der Toten entführt und kann fast alle Sprachen übersetzen.

Dschinn Nummer 63
Kämpfer der stolzen unvergleichlichen Einheit des Abu al Azila, leidet an Spielsucht und hat sich daher mit einem Bösewicht auf einen üblen Deal eingelassen.

Gottlieb Teufel:
wie der Name schon sagt ...

Der Zeitgeist:
ein ulkiger Vogel, der immer zu scherzen beliebt, kann die Zeit vor- und zurückdrehen, sieht man nur dort, wo Spiegelbilder entstehen.

Heimdahl & Hoogdahl:
die Drachenbrüder, die im Dienst der Anderswelt stehen.

Vörður Dauður:
isländisch; Wächter der Toten.

Menschen

Maya:
kleines Mädchen, sie ist die wahre Heldin, denn ihre Empathie und ihr großes Herz sind unglaublich, hat Zauberaugen und kennt Frau Holda persönlich.

Steve:
Mayas süßer kleiner Bruder, der gerne mal lauthals loskräht.

Ati von Möhrendorf:
heißt eigentlich Beate, aber kein Mensch nennt sie so. Sie ist die Mutter von Steve und Maya, betreibt eine Catering-Firma, lebt auf dem Gutshof ihrer Eltern und hat Angst vor Gespenstern.

Oma Karlotta:
Karlotta Editha Maria von Möhrendorf ist die Oma von Steve und Maya und hat einen starken Charakter. Eine der ersten Schmiedemeisterinnen Deutschlands und Freundin der allerersten Schmiedemeisterin. Mutter von Ati, Chefin des Möhrendorfer Reiterhofs. Ihre Ringelsocken sind oft Beute von Herrn Pfefferminzky, der Oma Karlotta auch schon mal versehentlich verzaubert hat.

Opa Jörg von Möhrendorf:
zweiter Ehemann von Karlotta, Atis Stiefvater, ist viel jünger als seine Ehefrau. Bekommt beim Beantragen eines Blindenführhundes unerwartete Hilfe aus der Anderswelt.

Charly:
lesbische Motorradbraut, Mayas Tante, beste Freundin von Erkenhilde und Freundin von Ati, derzeit schwer verliebt in eine Österreicherin, die sie auf einer Motorradtour kennengelernt hat.

Erkenhilde:
hat isländische Wurzeln, ihr Nachname Björnsdottir bedeutet
Tochter von Björn, arbeitet als Bereiterin von Islandpferden
und Reitlehrerin für Oma Karlotta, hat einen ungewöhnlichen
Draht zu Tieren.

Elvira Overback:
amerikanisches Medium, das mit Gespenstern Kontakt aufnehmen kann, kommt ungebeten auf den Möhrendorfer Hof
und macht einen Riesenwirbel um ihre Person.

Tiere

Nökvi:
schwarzes Islandpferd, klärt Herrn Pfefferminzky über einen
wesentlichen Aspekt von Freundschaft auf. Hat viel Sym-
pathie für das kleine Mädchen Maya.

Stormson:
macht sich sehr gerne über Herrn Pfefferminzky lustig, ist ein
kräftiges und schönes Islandpferd.

Lily:
graue Tigerkatze, die es mit der Gänseschar, die neuerdings
auf dem Möhrendorfer Hof rumläuft, nicht aufnehmen will,
möchte gerne Herrn Pfefferminzky jagen.

Martin:
Garstiger, aber wachsamer Gänserich, der gerne mal zu-
schnappt, führt die Gänseschar an, die den Möhrendorfer
Hof vor Ringelsockendiebstahl und Ähnlichem bewahren soll.

Rolf:

der Wolf, der sich im Rutenmühler Waldviertel herumtreibt und als erstes Tier das Hasenmonster entdeckt. ... und natürlich viele andere bunte Vögel, schillernde Insekten und alles, was in der schönen Lüneburger Heide so kreucht und fleucht.

Begriffe mit Sternchen, die in dieser Geschichte vorkommen:

Solve:
die Umkehrung der Ordnung, wie die Welt, die Natur und das Leben in allen Erscheinungsformen vorkommt, Chaos.

Salam aleikum:
„Sei gegrüßt", respektvoller arabischer Gruß.

Jundi:
arabisch; bedeutet Soldat.

Hipposandalen:
antiker Vorläufer des heutigen Hufeisens, auch Hipposchuh genannt.

Sprengisandur (Liedtitel):
isländische Hochebene, circa 700 bis 800 Meter über dem Meeresspiegel.

Dyke on Bike:
lesbische Motoradfahrerinnen, die als solche sichtbar sein wollen im öffentlichen Straßenverkehr.

Aura:
eine Art unsichtbares Energiefeld, das jedes Lebewesen (auch Geister) umgibt und für spirituell veranlagte Menschen wahrnehmbar ist.

Kirlian:

vom sowjetischen Ehepaar Kirlian erfundenes Fotografieverfahren, mit dem elektrische Ladungen, Impulse und vielleicht auch die Aura sichtbar gemacht werden können.

Rikur Dead:
das Reich der Toten.

Lykilorð:
isländisch; bedeutet Passwort.

Ferjumaðurinn:
isländisch; bedeutet Fährmann.

Ahrimanische Macht:
dunkle Macht; in einigen Kulturen wird der Teufel Ahriman genannt.

Wat mut, dat mut:
norddeutsches Idiom; bedeutet: „Was muss, das muss."

Oscar Wilde:
englischer Schriftsteller des 19. Jahrhunderts, wurde wegen seiner homosexuellen Neigung im viktorianischen Zeitalter zu einer Zuchthausstrafe verurteilt, nach der er sehr krank heimkehrte und schließlich an deren Folgen starb.

Dorian Gray:
Figur aus dem Roman „Das Bildnis des Dorian Gray" von Oscar Wilde.

Goethe:
Johann Wolfgang von Goethe; großer deutscher Dichter und Denker, lebte von 1749 bis 1832.

Regenbogenmenschen:

schwule, lesbische und transsexuelle Menschen haben den Regenbogen als ihr Symbol gewählt und werden in dieser Geschichte wie oben erwähnt genannt.

Panta rhei:
bedeutet, dass alle Materie, sichtbar oder unsichtbar, im Fluss der Veränderung und des Lebens ist.

Auguste Rodin:
berühmter französischer Bildhauer, lebte im 19. Jahrhundert.

Markpfennige:
im 19. Jahrhundert war der Markpfennig eine gültige Währung in Deutschland; ein Taler = 30 Groschen, 30 Groschen = 12 Pfennige. Pfennige wurden aus Edelstahl hergestellt und mit einer Messingschicht überzogen. Zum Beispiel lag der Wochenlohn einer Weberin in Berlin in der Mitte des 18. Jahrhunderts circa bei zwei Talern.

Nasenzwicker:
kleine, runde Brille ohne Bügel, die auf dem Nasenrücken festgeklemmt wurde.

Otto Lilienthal:
einer der Erfinder und Entwickler von ersten flugzeugähnlichen Geräten im 19. Jahrhundert.

Homophobie:
Angst vor lesbischen, schwulen oder transsexuellen Menschen, die (leider) Ursache von Gewalt gegen diese Menschen ist.

Zerberushund:
mehrköpfiger Hund aus der griechischen Mythologie, der das Reich der Toten bewacht, wohl sehr bissiger Kollege ...

Danksagung

Edith Wied-Mehrhof, meine Mutter! Du bist mein größter Fan, wie es scheint. An dieser Stelle will ich mich bei dir für alles bedanken, was du getan und gesagt hast.

Niemand kennt mein Herz so gut wie du. Wenn ich an dich denke, dann fällt mir automatisch ein Lied von Sarah Connor ein: *Weißt du denn gar nicht, wie schön du bist?*

Dein Kind
C. T. Mehrhof

Die Autorin

In Hessen aufgewachsen schrieb **C. T. Mehrhof** schon als Kind und Jugendliche Geschichten.

Mit 23 Jahren zog sie nach Hamburg um. Sie hat beruflich viel Erfahrung mit Menschen, speziell mit traumatisierten Personen.

Nach beruflichen Stationen in den USA und Österreich lebt die Autorin heute in Hamburg - mit Familie plus Katze.

Unser Buchtipp

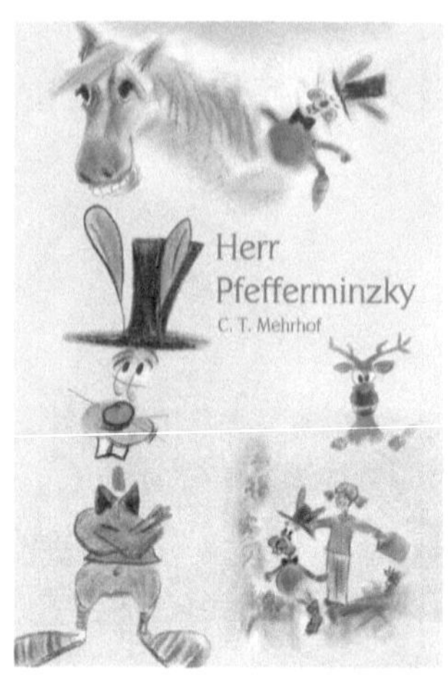

C. T. Mehrhof
Herr Pfefferminzky
ISBN: 978-3-86196-692-0
Taschenbuch, 132 Seiten,

In der Lüneburger Heide ist der Teufel los! Oder sollte man besser sagen - der Hase? Ein Ringelsocken klauender Zauberhase treibt im Rutenmühler Waldviertel sein Unwesen. Menschen können ihn nicht sehen, nur Tiere und natürlich andere Zauberwesen. Ganz besonders hat er es auf die Ringelsocken von Oma Karlotta abgesehen. Die Reithofbetreiberin und Schmiedemeisterin des Gutshofes derer von Möhrendorf will den ihr unbekannten Dieb fangen und legt sich dabei mit der gesamten mythischen Welt an. Gut, dass es da noch Maya gibt, ihre kleine Enkeltochter. Sie kann Herrn Pfefferminzky, so heißt der freche Kerl, sehen, denn sie hat Zauberaugen. Zunächst erschrocken darüber, dass ihn ein Mensch sehen kann, erkennt der schlaue Hase fix, wie praktisch es ist, eine Menschenfreundin zu haben! Die Freundschaft des ungleichen Paares, Kind und Zauberhase, sorgt für einige Verwirrung auf dem Möhrendorfer Gutshof. Klar, dass da die große Hüterin und Königin der mythischen Anderswelt auf der Bildfläche erscheint. Ist sie doch auf der Suche nach ihrem verschwundenen Hasentier, das einst ihr Fackelträger war! Handelt es sich etwa bei Herrn Pfefferminzky um den entschwundenen Fackelträger der Holda? Und wie kommt ein Buch in seine Pfoten, zu dem eigentlich nur die Druiden der Anderswelt Zugang haben sollten?